Einaudi. Stile Libero Big

© 2011 Giulio Einaudi editore s.p.a., Torino
www.einaudi.it

ISBN 978-88-06-20598-0

Mariapia Veladiano
La vita accanto

Einaudi

La vita accanto

Uno

Una donna brutta non ha a disposizione nessun punto di vista superiore da cui poter raccontare la propria storia. Non c'è prospettiva d'insieme. Non c'è oggettività. La si racconta dall'angolo in cui la vita ci ha strette, attraverso la fessura che la paura e la vergogna ci lasciano aperta giusto per respirare, giusto per non morire.
Una donna brutta non sa dire i propri desideri. Conosce solo quelli che può permettersi. Sinceramente non sa se un vestito rosso carminio, attillato, con il décolleté bordato di velluto, le piacerebbe piú di quello blu, classico e del tutto anonimo che usa di solito quando va a teatro e sceglie sempre l'ultima fila e arriva all'ultimo minuto, appena prima che le luci si spengano, e sempre d'inverno perché il cappello e la sciarpa la nascondono meglio. Non sa nemmeno se le piacerebbe mangiare al ristorante o andare allo stadio o fare il cammino di Santiago de Compostela o nuotare in piscina o al mare. Il possibile di una donna brutta è cosí ristretto da strizzare il desiderio. Perché non si tratta solo di tenere conto della stagione, del tempo, del denaro come per tutti, si tratta di esistere sempre in punta di piedi, sul ciglio estremo del mondo.
Io sono brutta. Proprio brutta.
Non sono storpia, per cui non faccio nemmeno pietà.

Ho tutti i pezzi al loro posto, però appena piú in là, o piú corti, o piú lunghi, o piú grandi di quello che ci si aspetta. Non ha senso l'elenco: non rende. Eppure qualche volta, quando voglio farmi male, mi metto davanti allo specchio e passo in rassegna qualcuno di questi pezzi: i capelli neri ispidi come certe bambole di una volta, l'alluce camuso che con l'età si è piegato a virgola, la bocca sottile che pende a sinistra in un ghigno triste ogni volta che tento un sorriso. E poi sento gli odori. Tutti gli odori, come gli animali. Io sono nata cosí. Bello come un bambino, si dice. E invece no. Sono un'offesa alla specie e soprattutto al mio genere.

– Fosse almeno un uomo, – sussurra un giorno mia madre a non si sa chi, sorprendendomi alle spalle. Lei parlava non piú di due o tre volte alla settimana, senza preavviso e mai a qualcuno in particolare.

Certo non parlava a mio padre. Lui invece ci provava. Le raccontava del suo lavoro, di me, della vita cittadina, le portava i saluti degli amici, finché ci sono stati.

Mia madre si è messa a lutto quando sono nata, la sua femminilità si è seccata crudele e veloce come il ricino di Giona, tutto in un momento.

Dopo che è tornata dall'ospedale non è piú uscita di casa, mai piú. All'inizio ha ricevuto molte visite, alcune di amicizia, altre di cortesia, moltiplicate dalla curiosità pettegola e scaramantica delle conoscenti: Dio quant'è brutta, tocca a te e non a me. Lei rimaneva seduta sul divano bianco del salone, vestita di scuro. Nessuno sa dire come si fosse procurata quelle gonne e quelle maglie nere, lei che vestiva di verde e azzurro da quando era bambina.

Io stavo nella culla della mia stanza e gli ospiti dovevano chiudere la porta quando entravano per vedermi. Mia madre si riparava dai commenti: Poveretta! Che disgrazia!

UNO

Del resto c'è la tara! Sí, ma era un'altra cosa! Eh! Chissà se lei gliel'ha raccontata giusta a lui! Lei viene dalla campagna! Contadini erano, e là c'è sempre modo di far sparire una cosa cosí. Il sangue non perdona! Sarà normale di testa almeno? E pensare che loro sono cosí belli! Mio padre è bellissimo: è alto, scuro di capelli e di carnagione, con due occhi neri cosí intensi che si deve regalargli l'anima. Di mia madre non so. Dicono che fosse bellissima prima. Io la guardavo solo qualche volta di nascosto e solo quando ero sicura che non mi vedesse. Avevo paura della sua espressione vuota. Anche lei non mi guardava e il cielo sa quanto avevo insieme paura e desiderio che lo facesse e non solo per controllare se intanto qualcosa era cambiato, se le preghiere disperate che all'inizio rivolgeva a un Dio sempre piú lontano avevano prodotto il miracolo.

In realtà non credeva davvero al miracolo, perché c'era la tara nella sua famiglia. Adesso so che è una tara piccola. Minuscola. Che lascia intatta la mente, il viso, la bellezza, la vita. Ma se ne sussurrava come di una tragedia. Ogni tanto nasceva un disgraziato, cosí si diceva. A caso, dove capita capita, come la grazia di Dio, come un sasso scappato di mano a un giocoliere nell'alto dei cieli amen.

– Non si può sfuggire alla tara, – dice un giorno a pranzo, rivolta al suo piattino candido da dessert. Il cucchiaino che tiene in mano sbatte violentemente sul tavolo e fa tremare la gelatina di fragole il cui odore mi colpisce improvviso, disgustoso.

Anche se lei ci aveva provato a sfuggirle, sposando un uomo bello, giovane, sano e di famiglia sana fino alle generazioni di cui si conservava memoria e storia. Nessun bambino dalle molte dita nascosto nelle stalle per tutta l'esistenza, affidato a servi fedeli e infine misteriosamente morto fra il sollievo di tutti.

Si parlava di sei sette dita per ogni mano, nei piedi anche di piú. Bambini incrociati con gli animali, con i ragni che camminano di notte a tradimento e te li trovi accanto silenziosi, paure fatte corpo e zampe a nostro oltraggio.
Cosí ero nata io. A tradimento, dopo una gravidanza incantevole, senza nausea e senza peso. Leggera mia madre mi aveva portato come un gioco che lei sapeva custodire. Si muoveva nei suoi vestiti azzurri e turchesi, come i suoi occhi di mare, diceva mio padre.
– Come sono le dita? – chiede alla fine di un parto durante il quale ha respirato e spinto, respirato e spinto, respirato e spinto, mano nella mano di mio padre.
– Le dita? Oh, quelle… perfette, – risponde l'ostetrica, sgomenta che di fronte a tanto disastro ci si preoccupi delle dita.
– Femmina?
– Femmina.
– La voglio vedere, – dice mia madre che si sente appena aggrappata all'orlo della felicità e ha ancora paura di cadere.
L'ostetrica non sa cosa fare: tiene in mano quel maldestro candidato alla specie umana che le ha rattrappito i pensieri:
– Non piange, – dice in fretta. – La porto in pediatria.
E scappa col grumetto nudo che sono io avvolto nel telo verde del parto, inseguita da mio padre, che non ha potuto ancora vedere perché ha fatto il marito e non il dottore, come voleva mia madre, e le ha tenuto la mano per tutto il tempo, ma è ginecologo e ha capito che qualcosa di tremendo è accaduto.
Io so tutto e anche molto di piú grazie alla zia Erminia, la sorella gemella di mio padre.
– Sono anch'io uno scherzo di natura, – risponde il giorno in cui le chiedo cosa vuol dire quell'espressione sussurrata intorno a me.

UNO

– Vedi? Del tutto uguale a tuo padre, ma donna. I dottori dicono che è impossibile, che io somiglio solo a lui, perché veniamo sicuramente da due ovuli diversi. Però abbiamo la stessa macchia a forma di mezzaluna qua dietro, vedi? – e piega il lungo collo elegante verso di me rovesciando i capelli neri. – E anche tre piccoli nei vicinissimi qui, – e alza la maglietta per mostrarli a lato dell'ombelico soffice, profumato di talco e calendula. – Siamo uno, ma divisi in due –. E ride di un riso forte che mi piace e spaventa.

Mia madre poté vedermi il giorno dopo. Non disse nulla. Guardava quello sbaglio, la mia testa sghemba, i lineamenti crudeli che lei aveva generato. Non mi prese in braccio, nessuno osò proporle di allattarmi.

Quando mia madre decise che non avrebbe piú ricevuto visite, mio padre mi portò nel suo studio. Per alcuni mesi rimasi nello spogliatoio delle signore, dentro la carrozzina giallo oro che lei aveva preparato per tempo immaginando le passeggiate lungo i portici di corso Palladio fino a piazza dei Signori, e magari nei giorni freschi su fino a Monte Berico a ringraziare i sette santi fondatori e la Madonna per tanta felicità.

Ogni quattro ore l'infermiera di mio padre mi dava il biberon e mi coccolava accarezzandomi sulla testa come si fa con i cuccioli di cane e di gatto. Lui all'inizio la rimproverava per questo gesto, in modo quasi distratto, come fa sempre per non ferire. Poi rinunciò.

A suo modo era una situazione protetta perché passavano di lí solo le pazienti di mio padre. Loro lo adoravano per quel misto di complicità e confidenza che nasce quando si deve condividere la propria intimità. Per un po', grazie a una specie di proprietà transitiva, toccò anche a me qualche frammento di quell'adorazione. Ma durò poco: mio padre si accorse che stava perdendo le pazienti incinte, le

quali vedevano nelle mie forme belluine la rappresentazione crudele delle loro paure.
– Credo che dovrebbe andare all'asilo, – dice improvvisamente zia Erminia a cena, una sera intorno ai miei tre anni.
Lei non abitava con noi, ma dopo la mia nascita veniva tutti i giorni. Scappava dal conservatorio dove insegnava pianoforte e correva a casa nostra dove faceva tutto: organizzare il lavoro della domestica di turno quando c'era, oppure seguire la casa quando la domestica, quasi sempre, non c'era.

In effetti metà del suo tempo lo passava a ricevere e scartare candidate all'assunzione: «Troppo giovane, viene per fare gli occhi dolci a tuo padre»; «Voce troppo stridula, manca di armonia»; «Troppo severa, ci tratta come reclute». Era esigente a causa mia, diceva. Cercava una persona che mi volesse bene davvero. Qualche volta credeva di trovarla e questa allora veniva assunta con tutte le solennità. Ma durava poco, se ne andavano tutte con delle scuse. Una volta una ragazza rimase un po' piú a lungo e quando si licenziò disse qualcosa di molto vicino alla verità:
– C'è troppo dolore in questa casa.
La ricordo eccezionalmente lunga, la discussione sull'asilo.
– C'è tempo, – risponde mio padre.
– Ha bisogno di stare con i bambini, – incalza zia Erminia.
– Non ancora –. Mio padre mi guarda: – Le serve un supplemento di… giorni. Fra qualche anno ne avrà abbastanza per andare alle elementari.
– I piccoli sono piú accoglienti, hanno un'anima nuova e vedono con occhi ancora incolti. Se le diventano amici lo saranno per sempre –. L'ansia le aumenta il bisogno di sottolineare le parole con gesti un po' teatrali.
Io seguo la discussione con la vita sospesa. So cos'è l'asi-

lo, la zia Erminia mi ha parlato di quel paradiso di giochi e di bambini in cui si può gridare e correre. Non capisco i pericoli oscuri che teme mio padre ma non mi interessano, sento di poterli affrontare.

– La bambina resta a casa, – scandisce mia madre senza preavviso. E mentre tutti ci voltiamo a guardarla, lei scaccia una qualche mosca con la mano continuando a mangiare, gli occhi fissi sul piatto.

Non si parlò mai piú di asilo.

In effetti una donna che mi volesse bene nel frattempo era stata trovata intorno al mio primo anno di vita e la trovò mio padre.

Maddalena era una sua paziente. L'aveva seguita nella nascita di due bei bambini dai capelli rossi e la carnagione pallida che aveva perso in un incidente pochi anni dopo, insieme al marito.

– È depressa come un bradipo in vasca da bagno, – dice zia Erminia esasperata allargando una mano davanti a sé come per allontanare una visione orrifica. – Non va bene.

– Proviamo, – risponde mio padre tranquillo.

E Maddalena rimase.

A me sembrava bellissima. Lasciava una scia leggera, profumo di nebbia di pianura. Aveva anche lei i capelli rossi e sul viso le lacrime che versava abbondanti dal mattino alla sera si confondevano con le lentiggini.

– Asciuga anche queste, – dico una volta toccandole quei puntini scuri. E lei scoppia a ridere in sussulti veloci che la scuotono tutta.

Mi amò da subito con la forza di un bisogno. La mia natura sgraziata le suscitava un senso di protezione totale, quella che avrebbe voluto riversare sui suoi affetti che non aveva potuto difendere dal male.

– Zampilla come un'arteria recisa, – zia Erminia cerca paragoni estremi per convincere mio padre. – Ce la svuota, quella bambina, – e con un gesto ampio delle mani accompagna un immaginario torrente che corre a valle.
– Le vuole bene come può. La bambina ha bisogno di una figura... affettiva –. Mio padre cerca le parole per non mancare di rispetto a mia madre nemmeno in sua assenza. – Affettiva attiva, ecco. E Maddalena lo è.
Maddalena mi coccolava e mi insegnava a fare i dolci, a sbattere le uova con lo zucchero finché erano bianche e soffici come la panna montata, a gonfiare le chiare a bagnomaria con un movimento tondo e armonioso come l'onda del mare.
– Come la chiave di violino, – interviene zia Erminia un po' contenta e un po' gelosa di questa mia intimità. E traccia nell'aria il segno.
La zia Erminia non era materna, però era viva, un'artista. Era senza marito ma non sembrava senza uomini.
– Tanti quanti i pellegrini alla festa degli Oto vorrebbero sposarsela, – dice Maddalena con la libertà di chi ha rinunciato per sempre a quel tipo di interesse.
– Di maschi a Monte Berico alla festa degli Oto vanno solo traditori e ruffiani, a lavarsi l'anima dai frati perché non si sa mai, – interrompe zia Erminia. – A questi vuoi farmi sposare? – e ride, la testa all'indietro, i capelli inquieti come una promessa incerta.
Lei era in effetti bellissima. Come mio padre, aveva la capacità di dedicarsi completamente alle persone che aveva davanti. Le fissava con gli occhi neri profondi e all'improvviso le faceva sentire importanti. Non parlava molto ma il suo era un parlare che rivelava segreti oppure faceva accadere le cose:
«Oggi si cambia colore alla cucina!» e deposita sul tavolo due latte di colore giallo.
«Andiamo a Monte Berico. Su, scarpe basse e si cor-

re!» e mi trascina fuori casa sotto gli occhi di mia madre che non risponde al saluto.

Uscivo solo di sera: prima di cena d'inverno, dopo cena d'estate. Ho capito tardi che la zia aspettava il buio. La mia reclusione era un ordine di mia madre, uscire era un tabú scolpito invisibilmente sulla marmorina elegante dei muri di casa, un tabú sul quale stava o cadeva quel residuo di vita che ancora la inabitava.

Prendevamo la via fra i due fiumi, poco illuminata e deserta. L'odore delle alghe cambiava a seconda delle stagioni: dolciastro d'estate, piú aspro d'inverno. Poi salivamo a Monte Berico per le scalette oppure da sotto, lungo i portici. Sempre di corsa, a perdifiato fin su, al piazzale, a guardare la città dall'alto.

– È immensa, – dico indicando sotto di me le sagome scure delle case e dei condomini in costruzione. – Come fanno gli abitanti a ritrovare la loro casa?

– Basta tenere i punti di riferimento –. E zia Erminia mi fa allineare l'occhio al suo indice che punta la Basilica palladiana con la cupola verde, gonfia sulla piazza dei Signori, o si sposta sulla facciata di San Lorenzo, o sulla Torre Bissara, «che una volta o l'altra viene giú come una piramide di noccioline».

– Mi porti un giorno a vedere?

– Si vede meglio da qui.

Qualche volta il suo dito si fermava su un palazzo di cui mi raccontava la storia mescolata con gli amori clandestini dei proprietari, le morti misteriose di servi e testimoni scomodi, le regalíe di un rampollo piú generoso, le alleanze fortunate, i tracolli disastrosi.

– La storia è solo pettegolezzo d'annata, ricordalo, – mi dice ridendo mentre il profumo dei suoi capelli mi si rovescia addosso e mi toglie il respiro.

Conosceva quei palazzi uno a uno. Col tempo venivo a

sapere che in ognuno aveva un amico, un ammiratore. Attirava gli uomini con la bellezza esagerata di una carnagione scura che richiamava sensualità esotiche, con i capelli lunghi da adolescente, con la risata che scoppiava come una festa. E con la musica. Non era molto brava zia Erminia, ma erano pochi ad ascoltarla quando suonava. La sua era musica da guardare. Certi critici erano severi, dicevano che «oltre l'abbaglio della fisicità della concertista restava l'esercizio di una dilettante bene istruita», cosí mi lesse la zia Erminia ridendo una sera. Il pubblico invece la adorava e nella provincia era una celebrità.

Quando parlava, zia Erminia muoveva le mani nell'aria, sembrava un direttore d'orchestra che guidasse un'armonia di parole invece che di note. Lei aveva mani perfette: le dita lunghe e sottili si aprivano per spiegare un concetto importante, si chiudevano a pugno nervoso per sottolineare un'idea, tagliavano orizzontalmente lo spazio davanti agli occhi per chiudere un ragionamento. Ci si incantava a guardarle e quando zia Erminia suonava si spostavano cosí leggere sui tasti del pianoforte che ci si chiedeva se le corde non fossero mosse da una magia a distanza.

Io imparai presto a gesticolare come lei, non avevo alcun bisogno di esercitarmi: imparavo per affetto, per il desiderio di somigliarle. Le nostre conversazioni risultavano cosí buffi balletti delle mani, e da lontano poteva sembrare un personale linguaggio di gesti che escludeva il resto del mondo.

Nel mezzo di una di queste conversazioni di colpo zia Erminia mi afferra i polsi e guarda le mie mani come se fosse la prima volta:

– Ma sono bellissime! – dice.

E rivolta a mio padre:

– La bambina deve suonare. Le sue mani sono quelle di una musicista. Sono stata cieca!

Senza aspettare mi trascina al pianoforte:
– Suona! – ordina.
– Cosa? – chiedo impaurita. Non ho mai osato toccare il mezza coda su cui lei e mio padre suonano quasi tutte le sere, seduti vicini, le spalle che si sfiorano, le mani uguali, eleganti, sicure, a inseguirsi senza toccarsi, avvicinarsi, allontanarsi, intrecciarsi, lasciarsi, riposare sull'ultima nota, finire con dispiacere, ripartire senza preavviso dell'uno, ancora inseguire dell'altro, sfinirsi di piacere, perdersi nelle note come se fosse per sempre.
– Suona quello che vuoi. Fa' il gatto sui tasti: passeggia.

E io passeggio a caso su e giú per lo strumento di cui conosco l'odore inconfondibile di legno antico trattato con gli oli da conservazione, note gravi e note acute, sgraziate anche loro sul principio, poi torno indietro e le correggo, anch'io inseguo una mia musica piccola. Zia Erminia vede qualcosa nelle mie dita:
– Sarai una pianista meravigliosa! – e mi abbraccia sollevandomi dallo sgabello. Poi si siede e suona, buttando indietro la testa, suona un *improvviso* che fa tremare i vetri del salone.

La musica afferrò la mia vita. La consapevolezza tutta nuova che ci si aspettava qualcosa da me riempiva i miei giorni di sentimenti che non conoscevo e che prendevano il posto di quella specie di attesa vuota in cui prima le mie energie si erano congelate. Forse potevo dimostrare che c'era del buono in me, che mi si poteva voler bene perché valevo e non solo per un senso confuso di protezione o di colpa.

Non ero il prodigio del pianoforte che aveva visto zia Erminia, ma sapevo imparare in fretta e lo volevo con tutte le mie forze.

Per molto tempo mio padre non disse nulla. Di sera, dopo cena, mi ascoltava in piedi, dietro di me, e sentivo i suoi occhi neri conficcati nelle mie mani. Sentivo i suoi pensieri incerti, la paura di illudersi e di farmi illudere.

Poi cominciò ad ascoltarmi seduto sulla poltroncina di cretonne bianco che si trovava a fianco della stufa turchese di maiolica. Non parlava e non mi dava consigli, ma era rilassato, lo vedevo chiudere gli occhi e seguire con impercettibili movimenti delle dita il ritmo della musica.

Ho suonato a memoria fin dal primo giorno. In effetti era piuttosto sgombra la mia memoria. Lo spreco dei miei giorni ne occupava appena un frammento. Mi bastava leggere una volta lo spartito, e lo ricordavo come le preghiere che Maddalena mi insegnava la sera. Così potevo guardare le mie mani: con stupore le vedevo creare i suoni che riempivano l'aria, le seguivo mentre prendevano vita propria, abbandonavano il corpo e correvano sui tasti, si fermavano sulle pause, giocavano con i trilli, rallentavano alla fine. Come le mani di papà e di zia Erminia.

Prima mi è stata maestra la zia Erminia. Arrivava al mattino o al pomeriggio a seconda delle sue lezioni al conservatorio. D'inverno la aspettavo con il naso schiacciato sul vetro della finestra del soggiorno, d'estate infilavo la testa fra le colonnine di pietra della terrazza. Avevo già suonato svariate ore prima che lei arrivasse, ma non mi facevo mai trovare al pianoforte. Le andavo incontro, lei mi afferrava e mi faceva volare in alto, poi mi depositava sullo sgabello.

– Leggera, leggera leggera! – dice inventando un arabesco veloce sui tasti.

– O pesante, pesante, pesante! – tuona calando senza riguardo sulle note basse.

E si cominciava. Dopo un po' arrivava Maddalena con il tè, le meringhe appena sfornate, i biscotti alla vaniglia che adoravo, il *gâteau au beurre*. Per la merenda si andava a prendere anche mia madre, che era rimasta fino allora in camera, sul lato opposto della casa. Lei non parlava mai, però stavo attenta a lasciare aperte le porte e speravo che mi ascoltasse e che un giorno avrebbe detto qualcosa sui miei progressi.

– La bambina deve entrare al conservatorio, – dice una sera zia Erminia a cena lasciando cadere con un gesto brusco il cucchiaio e chiudendo la mano a pugno come per non farsi scappare il pensiero. – Non ha l'età per le selezioni ma si fanno eccezioni per talenti come il suo.

Mio padre appoggia la forchetta e mette le mani sul tavolo con le palme in giú, nel gesto dei discorsi importanti che chiedono pazienza. Cerca le parole, non mi guarda:

– A ottobre andrà a scuola e il cielo sa se sarà... difficile. Al conservatorio fra tutte quelle bambine vestite di camicette bianche e gonne a pieghe blu, con il nastro nei capelli che ondeggia al ritmo del rondò *Alla turca*, sarebbe... troppo, ecco, troppo.

Zia Erminia scoppia con un crepitio di legna verde nel caminetto:

– Lei non è una pianista da rondò *Alla turca*, lei è una pianista da improvvisi, polacche, da *Wanderer Fantasie*, da Rachmaninov... La musica la trasforma, la rende... bella. Lei fa piangere quando suona! Lo sai! Lei non ha paragoni per la sua età. Lei è come un prodigio e non si può ignorare un miracolo.

Maddalena mi passa il budino e intanto piange nel suo modo generoso e ovvio. Io conosco solo confusamente qual è il mio problema. So di essere brutta, molto brutta. La mia terrificante bruttezza è un'ombra che mi precede. Ma non posso immaginare cosa diventa fuori dalle mura di casa.

– Anch'io metto le gonne e i nastri se bisogna farlo, – dico subito, ma nessuno mi risponde.

L'unico suono lo fa mia madre che insegue sul piatto

di porcellana la ciliegia troppo rossa e troppo tonda che decora il budino.

Entrai al conservatorio molto piú tardi, cinque anni dopo. Feci l'esame come aveva detto mio padre, fra bambine bellissime con i fiocchi e i nastri. Ma intanto erano accadute cose tremende nella mia vita e io ormai sapevo. Suonai al di là di una porta alta di legno lucido come il marmo che c'è dietro la Madonna di Monte Berico dove tutti posano le mani per chiedere una grazia, su un pianoforte molto meno bello del mio, dai suoni calanti. Io sapevo e avevo imparato: quando suonavo dovevo restare inespressiva, la mia espressione migliore è quando con il viso non esprimo proprio niente. Devo concentrare la mia vita nelle mani, tutta la vita nelle mani, tutta tutta.

I selezionatori rimasero a discutere un'ora, dentro c'era anche la zia Erminia. Io avevo suonato bene, ero molto piú avanti di tutte quelle bambine. Ormai sapevo di cosa discutevano, si chiedevano se una creatura dall'aspetto cosí infelice potesse suonare, che cosa avrebbe fatto della sua arte, che senso aveva addestrarla, pardon, coltivarla. Questo dicevano, cercando le parole per rispetto a zia Erminia.

– Dieci su dieci. Ammessa, – dice zia Erminia uscendo di corsa con le mani strette a tormentarsi a vicenda. Piange lei stavolta ma non è felicità.

Maddalena mi porta via dal corridoio dove ho aspettato fra due ali di candidate silenziose e rigide a fianco delle loro madri.

– Adesso cosa faccio? – chiedo ferma davanti al portone del conservatorio stringendo come un salvagente la mano di Maddalena.

Sono grande e non può piú prendermi in braccio come un tempo e allora mi abbraccia in modo diverso da come si fa

con una bambina, mi pare che anche lei un po' si aggrappi. Risponde dimenticando i miei dieci anni:
– Tu suonerai ragazzina. E mangerai e dormirai e andrai a spasso. La vita la si deve prendere all'ingrosso altrimenti se ci fai troppo le pulci non si salva nessuno. Tu suonerai e suonerai e suonerai. È questo il tuo dono e c'è chi non ne ha neanche uno con cui tirare avanti.
Piú o meno disse questo e aveva una voce aspra mentre lo diceva, ma si soffiava il naso per la commozione.
A casa trovammo mio padre seduto su una poltroncina dell'ingresso con una rivista medica in mano.
– Già qui, dottore? – chiede Maddalena dura.
– Com'è andata?
– Bene, naturale. Ammessa.
Sento una promessa di vita arrivarmi con quella parola. Ammessa, c'è un posto per me, tutto mio, conquistato. Non sono piovuta come una disgrazia al conservatorio.
L'eccitazione parla al posto mio:
– Ma tu farai con me come fai con la zia Erminia?
– Cosa? – chiede mio padre guardandomi fisso.
– Suonare a quattro mani la sera, – rispondo spaventata.
– Vedremo, – dice alla fine dolcemente.

Due

L'antico palazzo su due piani affacciato sul fiume Retrone, nel vecchio quartiere delle Barche, mio padre lo aveva acquistato poco prima di sposarsi e mia madre lo aveva ristrutturato con passione. Tutte le stanze avevano finestre strette e lunghe, molte con balconcini in pietra di Vicenza, una pietra fragile che richiede continuo restauro. Tranne il salone al primo piano, la casa era immersa nella penombra. Per questo mia madre aveva scelto solo colori chiari per le pareti e l'arredo. Amava l'azzurro ed era stata costretta a un lungo contendere con la Sovrintendenza che avrebbe voluto i balconi verdi come negli altri palazzi della città. Ma l'aveva spuntata con un azzurro lava che lei descrisse nei documenti di richiesta come verde salvia.

Il salone era enorme, due pareti esterne davano sulle acque ferme e scure del Retrone, ed era illuminato da sei porte finestre alte fino al soffitto. Alle finestre c'era una tenda bianca leggera e sopra ce n'era una piú pesante, celeste con fili d'argento ai bordi, che dava ombra nei giorni caldi dell'estate. Una finestra si apriva su una terrazza d'angolo che proseguiva fino alla camera dei miei genitori, diventata solo di mio padre dopo la mia nascita. I rumori del mondo infastidivano mia madre e lei si era trasferita in una stanza sul retro, affacciata sul fiume.

Il piano terra era occupato dalla cucina, la sala da pran-

DUE

zo, uno studio e un salottino che si trovava esattamente sotto la terrazza del salone. D'estate mia madre passava le giornate là dentro, sulla poltrona rivestita di una stoffa Sanderson di ortensie viola e blu, perché era la stanza piú fresca. Spesso aveva un libro in mano, ma non voltava quasi mai le pagine. In questa stanza la raggiungeva mio padre di ritorno dallo studio o dall'ospedale, e le parlava.

Io lo ascoltavo dal terrazzo. Mi sedevo con la schiena appoggiata allo spigolo dell'angolo, abbracciata alle ginocchia, nascosta alla vista di chi passava sulla strada grazie alla balaustra e a una pianta di oleandro. E aspettavo. Solo quando la stagione costringeva a chiudere le finestre ascoltavo seduta sul primo gradino della scalinata interna.

Sentivo arrivare mio padre:
– Buonasera alla mia signora! – Tutti i giorni.

Si sedeva di fronte a lei e prendeva le mani fra le sue. Non ho mai visto davvero, ma sentivo i suoni e immaginavo.

Le raccontava del suo lavoro: le pazienti, le nascite, le malattie, i problemi, i dubbi. Spesso si rispondeva. La voce ora profonda, ora tesa, ora appena un po' allegra, se un rischio era stato superato, una madre era stata salvata. Ascoltavo attentamente quello che diceva, la sua voce bassa mi scivolava lungo il corpo come un abbraccio e la sua erre rotolante aveva l'effetto di una carezza che mi arrivava dentro, fino a qualche punto sensibile della testa, e la stordiva in una specie di abbandono senza pensiero e senza peso. C'era qualcosa di segreto nel percorso delle sue parole e mi sembrava che cercasse quelle che accentuavano la vibrazione profonda della sua voce. Io sentivo dentro di me questa voce che mi accompagnava tutta la notte e il giorno successivo, fino a sera, al nuovo appuntamento. A volte mio padre le parlava anche di me e allora ascoltavo ancora piú attenta al senso delle paro-

le: le diceva che suonavo bene, che scrivevo già, che sembravo serena.
– Domani succede, – le dice la sera che precede il mio primo giorno di scuola. Nella mia camera c'è la cartella azzurra con tutte le penne, i colori e le matite. Ci sono i quaderni richiesti, con le copertine rossa, verde, gialla e blu. C'è la forbicina con le punte tonde. C'è il righello di legno. C'è il regalo di zia Erminia: una penna stilografica azzurra e bianca con il pennino in oro bianco.
È l'ultimo giorno di settembre e fa ancora il caldo afoso della pianura padana. Dal fiume arriva un odore un po' nauseante di alghe vecchie.
Le parole sono nuove e la erre di mio padre scivola nella gola come risucchiata da un gorgo.
– Domani esce. So che sei preoccupata. Vorresti tenerla a casa. Anch'io forse lo vorrei ma non si può e non si deve. Dio mio come vorrei che tu fossi con me in questi momenti! Guardami per una volta! Ti ricordi quando mi dicevi che i miei occhi neri contenevano tutto l'universo e io rispondevo che l'universo era azzurro come i tuoi occhi, non nero come i miei! So che ci sei là dentro. Dimmi qualcosa. So che non vuoi che esca, lo so. Ho fatto come desideravi. Niente asilo. Niente conservatorio. Ma non si può, capisci?
Sento che la scuote. Forse l'ha presa per le spalle. Non c'è poesia. Quando le parla mio padre si trasforma in poeta e si rivolge a lei come se recitasse versi. Ma non questa sera.
– Sei come una fortezza murata, dice Erminia, ma non ti conosce come me. Sei un muro di fuoco, ma bruci solo dentro. Dio come mi manchi stasera. Cosa dobbiamo fare? Scolpire statue ferine sull'ingresso come i nani della Villa Valmarana e chiuderla qui tra precettori come usava una volta? Forse è vita quella che tu vivi dentro questa

casa, magari piú della mia là fuori. In fondo cosa prendo da fuori? La mia vita è qua. E sono cosí inadeguato! Capisci? Ma io ho una felicità da custodire. L'ho avuta con te, l'ho avuta. E ancora spero... Ma lei cosa può conservare se la teniamo chiusa? Tu dici che è meglio vivere nel desiderio che nella continua umiliazione. Meglio rinchiusa nella villa delle scimmie che libera di essere derisa, emarginata e ferita?
Io affondo la testa fra le ginocchia e stringo fino a sentire male. Maddalena mi aveva raccontato la storia: era nata una principessa nana alla Villa Valmarana, e i genitori l'avevano tenuta sempre dentro casa, assumendo servi nani, giocolieri nani, precettori nani, perché non conoscesse il dolore della sua condizione. Ma un giorno la principessa si era affacciata all'alto muro di cinta e aveva guardato giú. Dalla stradina di pietra saliva un principe bellissimo: la falcata delle sue lunghe gambe faceva allargare il mantello morbido intorno al suo corpo perfetto. E presa da disperazione la principessa nana si era buttata di sotto. I diciassette servitori della villa, quando dall'alto del muro videro lo scempio della loro principessa, rimasero pietrificati dal dolore e lí ancora sono in forma di statua.
– Io so che tutto questo non sarebbe una tragedia, – continua mio padre con la voce sempre piú affannata. – Se solo fossimo insieme. Non poter capire cosa ti ha rubato l'anima tutta in un colpo. Non la bambina, no. Vedo madri tutti i giorni che adorano figli con difficoltà come se fossero tutti Gesú Bambino. La bambina è... un prodigio. Lo dico, vedi? È nostra. Ha dentro le nostre vite e possiamo aiutarla a trovare la sua. Come puoi non vedere? I tuoi occhi di mare sono sempre lontani. Vorrei guardare dove guardi tu per una volta e capire da dove viene il tuo male. Forse posso lottare contro un male che conosco.

C'è un rumore dietro di me. È Maddalena. Si mette l'indice sulle labbra e mi prende per mano. Giú il rumore ha messo in allarme mio padre e si sente un fruscio di poltrona. Da come mi stringe capisco che Maddalena ha ascoltato. Forse ascolta sempre anche lei.
– Andrai a scuola e sarai bravissima, – dice decisa trascinandomi via. – E piú resterai con la testa e il cuore fuori da questa casa meglio sarà. Ricorda che tu sei l'unica a posto qui dentro. L'unica.
– E mio padre? E zia Erminia? – chiedo e mi viene da piangere.
– Anche Satana si traveste da angelo di luce, – risponde Maddalena secca come un oracolo. Ma vedendo il mio spavento si corregge:
– Qualche volta bisogna stare attenti anche a chi ci vuol bene.

Tre

Naturalmente io ho un nome, mi chiamo Rebecca. Ma l'ho scoperto davvero solo il primo giorno di scuola, quando la maestra Albertina ha cominciato a chiamarmi per nome e non ha piú smesso.

La mano sudata di Maddalena mi aveva quasi stritolato le dita lungo la strada. Quando la lasciai per prendere quella asciutta della maestra Albertina pensai che di certo lei non aveva mai pianto in vita sua.

Era bassa e di corporatura minuta, i capelli neri dritti tagliati a caschetto sottolineavano con movimenti brevi, una specie di brivido, ogni parola.

– È in ritardo. Lei è la madre? – chiede mentre mi prende la mano. Vedo i capelli fare un movimento secco all'indietro e lei alza gli occhi verso Maddalena che è almeno venti centimetri piú alta. Siamo fuori dalla porta dell'aula. Dentro si sente un brusio prudente.

– No... no in effetti... La mamma non... sta bene. Il papà è medico... ha avuto un'emergenza stamattina... proprio stamattina presto –. Maddalena balbetta e dice le bugie, almeno per quanto riguarda mio padre. Era già pronto sul portone, elegante e severo nei suoi pantaloni di lino blu e la camicia bianca con le iniziali ricamate, quando ha deciso che mi avrebbe accompagnato lei.

I capelli vibrano leggermente di dispetto:

- Riferisca che gradirei molto conoscerli. Buongiorno.
- Sarà fatto... riferirò oggi... appena torno. Subito, - sento rispondere Maddalena ormai rivolta alle spalle della maestra.

Ora so che è davvero difficile morire di dolore e che non vale la fatica di sperarlo, ma quella mattina quando entrai nell'aula dal soffitto altissimo, diventata all'improvviso silenziosa come una cattedrale, sperai con tutte le mie forze che il mio corpo sventurato, trafitto dagli sguardi di quei ventidue bambini immobili, fosse alla sua fine.

Invece no. I capelli della maestra Albertina ricadevano rigorosamente dritti ai due lati del viso severo mentre lei spostava alcune bambine per assegnarmi il posto che riteneva giusto: in terza fila, vicino alla parete proprio a fianco della finestra. Non avevo nessuno dietro, mentre potevo vedere tutti. Soprattutto, sentivo tutti. Non le parole, che la maestra Albertina aveva domato in anticipo. Sentivo i loro pensieri pesanti e l'odore della loro curiosità venire dalla pelle eccitata delle mani che coprivano la bocca nascondendo una smorfia.

Accanto a me sedeva una bambina bionda, bianca e decisamente grassissima:
- Mi chiamo Lu-cil-la, - dice piano quasi senza muovere la bocca. - Tu sei Rebecca, la figlia del dottore di mia mamma. Ti ho vista nel suo studio una volta, qualche mese fa, insieme alla tua mamma, che ha dei capelli rossi bel-lis-si-mi. La maestra è mia zia. È la sorella di mia mamma ma è diversa da lei. Mia mamma è come me. Grassa dico. Ma bisogna ringraziare il Signore perché abbiamo tutto a posto: le gambe e il cervello dico. Non si può lamentarsi di come si è perché c'è di peggio. Dice che chiacchiero troppo però le ho promesso che a scuola starò mu-ta. Zia Albertina è se-ve-ris-si-ma ma tanto bra-va dice la mia mamma.

Lei non voleva as-so-lu-ta-men-te avermi in classe, per la parentela è ovvio, ma mia mamma ha fatto di tutto perché dice che bisogna avere una buona preparazione. Visto che aule alte? Questa scuola è vec-chis-si-ma però io abito proprio qua vicino e cosí la mamma non deve accompagnarmi. Anche tu abiti vicino, è per questo che vieni qui vero? Lucilla era la prima persona con cui avevo un contatto al di fuori della famiglia: non sapevo nemmeno se darle del tu o del lei.

– Dico, puoi rispondere sai. Hai paura che ci rimproveri? Basta non muovere le labbra e poi non ci sta guardando. E comunque, cosa ci può fare? Non può uc-ci-der-ci.

Forse mio padre non mi aveva accompagnato perché aveva deciso che dovevo cominciare ad affrontare da sola il mondo, senza la protezione che mi veniva dalla sua figura bella e autorevole o forse aveva avuto paura. Della sua e della mia paura. Ma ero sola piú di quanto potevo sopportare.

Non so che cosa abbia spinto Lucilla a esserrmi amica fin dal primo giorno. In qualche momento ho pensato che fosse la sua diversità fisica, ma mi sbagliavo. Lei si vedeva bella e nel suo modo speciale lo era. La nostra non è stata una patetica somma di due sventure ma una vera amicizia, nata e coltivata all'inizio solo grazie a lei perché io mi sentivo ed ero completamente disadatta alle relazioni sociali. Quel giorno non le risposi. Mi mancavano le parole per dire i pensieri. Forse mi mancavano anche i pensieri. Nessuno aveva mai chiesto il mio parere su qualcosa, o se avevo frequentato l'asilo, o come passavo le giornate. Risposi invece alla maestra Albertina quando mi chiese, come a tutti gli altri bambini, cosa conoscevo della città. Le parlai di corso Palladio, che attraversava il centro da sud-ovest a nord-est sulla linea dell'antico decumano, e di corso Fogazzaro e contrà Porti, che si contendevano il ruolo dell'antico cardo, suddividendo gli spazi in un reticolato non sempre regolare, a causa dei corsi d'acqua che hanno favorito la vita urbana, e talvolta l'hanno minacciata e distrutta. Parlai della Basilica palladiana che custodiva austera la piazza dove signori e poveri si incrociavano nei giorni di festa. E anche della Basilica di Monte Berico, che raccoglie tutti i segreti della città nei cuoricini ricamati a punto croce degli *ex voto* e nelle fiamme delle candele accese da chi sale a chiedere una grazia, come mi aveva raccontato zia Erminia. Ma ancora non seppi cosa dire quando mi chiese cosa mi piaceva di piú di quei monumenti. Ne conoscevo la storia, il profilo contro il cielo della notte, la posizione nella mappa della città, i pettegolezzi nei secoli. Ma non li avevo mai visti.

– Nemmeno corso Palladio? – chiede la maestra Albertina.

– No, – rispondo.

– Qui ognuno di voi deve sentirsi una persona importante –. La maestra Albertina sorride finalmente al suono della campanella, al momento di salutarci. – Qualcuno di voi sarà piú bravo degli altri. Ci sarà chi capisce meglio la matematica e chi disegna bene. Ma tutti avete le capacità sufficienti per rispettarvi, tutti potete essere educati, tutti potete imparare a essere generosi e non c'è davvero nessuna ragione per tollerare insufficienze su questo punto. Siete d'accordo?

Guardava sempre anche me la maestra Albertina, i suoi occhi non scappavano e nemmeno indagavano curiosi tra le pieghe dei miei lineamenti.

Quel giorno all'uscita trovai la zia Erminia sfolgorante: aveva un vestito lungo e stretto color ottanio con un bordino sottile d'oro che marcava la scollatura, le mani-

che e l'orlo. Era bella in modo eccessivo sia per l'ora che per il luogo.
– Tuo padre si è comportato in modo vergognoso, – dice sollevandomi e baciandomi come sempre. – L'ho rullato come un gatto passato sotto un tir. Lasciarti sola stamattina. Sola. Ma come si può?
A casa mio padre stava seduto su una poltrona della sala da pranzo, i bei vestiti del mattino del tutto in ordine. Era appena rientrato dal lavoro, disse, ma la sua borsa era ancora ai piedi delle scale dove l'avevo vista andando a scuola. Probabilmente non era uscito di casa. Sollevò lo sguardo quando arrivai e si mosse appena con la schiena, come per alzarsi e venirmi incontro. Ma si fermò frugando nel mio viso la risposta alle sue paure.
– Indecente, – dice zia Erminia mentre scaraventa con furia la borsa sul tavolo.
– Cosa? – chiede mio padre allarmato. – La scuola?
– Lo sai cosa, – risponde zia Erminia passandogli davanti con un rumore secco di tacchi: –Tu!
Il rimorso e la rabbia permisero a entrambi di non domandarmi come fosse andato il primo giorno di scuola.
A tavola mi venne voglia di aprire le finestre. Mi alzai senza chiedere il permesso e cominciai dalla sala da pranzo. Lo feci lentamente, anche perché erano alte e pesanti e quasi non ci arrivavo. Passai al salottino, due finestre. Poi lo studio e la cucina, altre quattro. Salendo spalancai la porta del poggiolo sulle scale e sentii arrivare dal fiume la corrente d'aria. Poi andai nel salone, sei porte finestre, nella mia camera, due finestre, due anche nelle altre camere. Contavo ad alta voce: ventiquattro in tutto.
– C'è aria, – dice la mamma guardando il piatto.
– Pazienza, – rispondo sedendo al mio posto e con la

coda dell'occhio vedo mio padre e Maddalena che si bloccano nel gesto simultaneo di alzarsi per andare a chiudere.
 – Ben fatto, – mi dice Maddalena in cucina mentre si asciuga le lacrime. – C'è bisogno di aria qui dentro.
 Quel giorno suonai tutto il pomeriggio con le finestre del salone spalancate e le tende bianche che volavano fuori sopra il fiume. Un temporale non piú estivo le tormentava in una danza scomposta.
 – Si bagnano, – dice Maddalena in mezzo alla stanza. Non sa cosa fare.
 – Come le vele di una nave, – rispondo alzando un po' la voce.
 – Ne hai mai vista una?
 – No.
 – Allora domenica ti porto a Venezia.
 – Di giorno?
 – Di giorno.
 – Non mi lasceranno.
 – Oh sí! Le finestre le hai aperte, no?
 – Ma ci sono navi a vela a Venezia?
 – Forse qualche piccola barca a vela sí. E i transatlantici, le navi da crociera. E anche le gondole con le poltroncine rosse di velluto con le nappe d'oro. Scivolano silenziose come le lacrime.
 – Quanta gente c'è a Venezia?
 – Tutto il mondo.
 – Allora possiamo andare.
 Non andai a Venezia quella domenica. Dopo aver dormito tutta la settimana con le finestre della camera spalancate sull'umidità del fiume mi presi un malanno che mi tenne a letto qualche giorno.
 Era la mia prima malattia e si rivelò istruttiva quanto piacevole. Mio padre mi curava e soprattutto giocava

a scacchi con me fino a tardi trascurando i suoi monologhi con la mamma. Zia Erminia mi regalò un giradischi e una poltroncina gialla a dondolo per ascoltare la musica. Maddalena mi serviva i pranzi in camera e con la scusa di controllare la temperatura mi baciava in fronte a intervalli regolari.
– È bello essere malati, – le dico la sera.
– All'inizio. Poi la gente si stufa. La compassione è come il pesce: il terzo giorno marcisce.
Il terzo giorno arrivò Lucilla. Si materializzò sulla porta della camera a metà pomeriggio vestita con una tuta bianca che la rendeva immensa.
– Ciao. Avrei dovuto an-nun-ciar-mi come dice mia mamma, ma non ho il tuo numero di telefono e non c'è sull'elenco. Del resto ho pensato che non potevi as-so-lu-ta-men-te essere fuori se sei malata. Magari non hai voglia di parlare e allora dovresti dirlo su-bi-tis-si-mo e me ne vado. Tua mamma è stata gen-ti-lis-si-ma. Mi ha baciato e ribaciato, e ha detto che sono benedetta: è possibile che piangesse? E mi ha detto di salire. Ho visto anche la tua nonna, salendo. Era seduta in una stanza vicino alle scale. Forse avrei dovuto avvicinarmi ma non ero sicura che fosse la cosa giusta. La mia mamma dice che non-devo-essere-invadente e che l'importante è fare la cosa giusta.
Difficile immaginare qualcuno che alla sua giovane età facesse cose meno giuste per la comune buona educazione. Le spiegai chi fosse Maddalena e anche zia Erminia che lei vedeva fuori dalla scuola quando mi aspettava. Ma non osavo dirle che quella figura scura abbandonata sulla poltroncina era mia madre.
– E allora tua madre dov'è? – chiede chinandosi verso di me sul letto fino a sfiorare il cuscino.
– Lei è malata, – rispondo in fretta.

– È in ospedale?
– No.
Ma Lucilla era curiosa quanto golosa. Dopo aver mangiato i biscotti alla vaniglia che Maddalena ci portò quel pomeriggio, a casa doveva aver tormentato sua madre finché aveva saputo quello che tutta la città sapeva. Cosí il giorno dopo tornò all'attacco:
– Mia mamma conosceva bene la tua prima che si... ammalasse. Dice che era bella e dolce. Un po' artista. Dice che non ne parli perché ti vergogni di lei forse. Ma non devi. Tu sei tu, dice. Sei brava, leggi e scrivi già, suoni il pianoforte. E poi hai il papà e la zia Erminia. Io il papà non ce l'ho ed è si-cu-ra-men-te meglio non averlo, visto che per colpa sua siamo sulla bocca di tutti.

Non mi ferí Lucilla. Era impossibile prendersela con tanta abbondanza di buoni sentimenti. Il suo trasporto la rendeva inattaccabile. Non mi offesi ma non volevo parlare di mia madre e ascoltai con sollievo il racconto dei misfatti di suo padre, fe-di-fra-go e pe-do-fi-lo, due parole nuove che promettevano bene alla mia curiosità di bambina cresciuta senza confidenze.

Quando Lucilla entrò nella mia vita per me il mondo coincideva esattamente con i confini della mia casa: dietro c'era il fiume, davanti il quartiere delle Barche che conoscevo solo per le fughe notturne con zia Erminia, strade strette e buie, piú o meno deserte. Lucilla non aveva il potere di farmi diventare bella, anche se con lei qualche volta ho per qualche momento dimenticato di essere brutta, ma riuscí a spostare un po' piú in là il mio orizzonte, a farlo arrivare fino a casa sua, che era appena qualche centinaio di metri piú in là, ma che appariva un universo rovesciato ai miei occhi. E non solo perché si trattava di una casa minuscola, paragonata alla mia, un appartamento di tre stanze e un corridoio buio e stretto, che lei e sua madre riempivano tutto con le loro dimensioni, oppure perché la cucina aveva le pareti rosa e i mobili viola come le piastrelle del bagno o le tende delle camere. In quella casa nessuna delle leggi e delle regole che conoscevo veniva rispettata. Lucilla era libera di lasciare la maglia nell'ingresso, buttata sullo sgabello, la cartella in cucina, le scarpe in camera. Era libera di sparpagliare tracce di sé ovunque passasse, di arrabbiarsi con sua madre se non le concedeva il secondo gelato oppure un nuovo libro. Era libera di chiedere e di esistere. Una specie di debito d'origine dovuto alla terribile mia bruttezza macchiava la mia esistenza e mi metteva nella condizione naturale di non avere il diritto di chiedere niente piú dell'affetto miracoloso che mio padre, zia Erminia e Maddalena riuscivano ad avere per me. Di questo ero grata in modo doloroso ed ero intrisa di riconoscenza fin nei desideri, che trovavano la strada per esprimersi solo quando coincidevano completamente con i desideri di chi mi stava intorno. Ma io allora non lo sapevo e guardavo incantata i capricci di Lucilla e ascoltavo senza respirare lo sciame di parole con cui sua madre la inseguiva da una stanza all'altra. Mi spaventava la quantità di sentimenti che si potevano esprimere con le parole. Nella mia casa le parole erano piatte come quelle scritte sul vocabolario e servivano quasi soltanto a comunicare informazioni, impegni, appuntamenti. Solo qualche volta, quando si parlava di me e del mio futuro, la zia Erminia si animava e si lasciava andare con mio padre a brevi scaramucce, che finivano con un accordo rassegnato.

Da Lucilla le parole si gonfiavano di rabbia, si allungavano come spilloni, mostravano i denti, azzannavano l'anima, sbuffavano insofferenza e qualche volta esplodevano in urli che le deformavano fino a che perdevano del tutto il loro significato. Oppure, e qualche volta anche subito dopo, a sorpresa, mentre ancora si tremava per lo spavento o il dolore, le parole si sgonfiavano, si alleggerivano, si allargavano in una carezza fresca, che chiudeva la discussione.

– Cielo benedetto, sei tutta bagnata!

La mamma di Lucilla mi apre la prima volta che vado da loro, e riempie con il suo corpo tutto lo spazio della porta comprimendosi nella cornice. Anche gli angoli sembrano pieni di lei. Ha un enorme impermeabile giallo coperto di goccioline perfettamente sferiche. Dei porcellini rosa ondeggiano davanti ai miei occhi e lasciano cadere gocce d'acqua sul pavimento.

È anche la prima volta che esco di casa da sola e le raccomandazioni cariche di apprensione che Maddalena ha recitato fino all'ultimo saluto sulla strada davanti a casa si affollano in una generosa rassegna di espressioni di cortesia, che però non riescono a farsi largo fra le parole della mamma di Lucilla.

– Oh sí, sono appena tornata anch'io, – dice velocemente. – Devo ancora mettere giú l'ombrello, vedi? – E vedo che i porcellini sono in effetti appesi ai raggi di un ombrello immenso color verde acido.

– Erano di terracotta, pensa, – mi spiega. – Si sono rotti tutti con la prima pioggia. Allora li ho sostituiti con questi di gomma. Meno belli ma tanto tanto pratici. Ma entra, cara, entra tesoro!

E io penso che non potrò mai entrare, perché non c'è spazio per nessun altro in quell'ingresso. E invece lei mi prende per mano, si stringe, si schiaccia tutta contro di me e mi fa passare in un corridoio corto e stretto dove trovano posto i miei stivali che vengono appoggiati su una piccola stuoia, il mio ombrellino che viene messo dentro un por-

taombrelli bianco a forma di foglie di acanto, l'impermeabile che viene appeso su un attaccapanni di legno a forma di uomo con le braccia alzate. E ci sta anche Lucilla, quando arriva dalla sua stanza in equilibrio sui tacchi altissimi di un enorme paio di scarpe verde pisello a pois bianchi.
– Fa' come se fossi a casa tua! – mi grida poco dopo la mamma di Lucilla dalla cucina dove sta infornando una crostata, e con le mani ancora infarinate batte sui tasti di una macchina da scrivere rosso sgargiante le traduzioni dall'inglese e dal tedesco grazie alle quali riesce a vivere.

E io lo facevo, e stavo seduta composta sulla poltroncina pieghevole di tela arancione della camera di Lucilla mentre lei si accoccolava sul letto con le gambe incrociate e cercava di far partire un mangiacassette sempre rotto, raccontandomi ancora una volta di suo padre che se ne era andato da un paio d'anni con una ragazza bel-lis-si-ma e scandalosamente giovane dopo aver annientato il conto in banca e venduto la casa di nascosto. Spa-ri-to, dis-sol-to senza lasciare traccia. Ne aveva parlato tutta la città, non lo sapevo? No, non lo sapevo.

– Lei era una sua studentessa, – dice piano Lucilla, per non farsi sentire dalla mamma. – Mio padre le insegnava greco e latino al liceo Pigafetta. Sono stati amanti per due anni, di nascosto perché lei era mi-no-ren-ne, pensa. Poi, appena lei ha compiuto diciotto anni, sono scom-par-si. La mattina lei è uscita di casa per andare a scuola e lui anche. Poi piú niente. Mia madre si è trovata sola con una bambina piccola, cioè io. Il suo lavoro non basta per cui ha messo da parte l'orgoglio e lo sta ancora facendo cercare dalla polizia. Per gli a-li-men-ti, capisci.

Io capivo poco ma ascoltavo quella storia di una vita diversa e la paragonavo alla mia: meglio un padre traditore che sparisce del tutto oppure una madre che c'è e invece non c'è, da cui poter forse sperare ancora qualcosa, per cui si vive congelati nell'attesa?

– È stato un vero sol-lie-vo per noi, – continua Lucilla che evidentemente ha assimilato le parole della madre fino a confondersi con lei. – Gli ultimi anni erano stati un infer-no. Lui urlava a mia madre di essere grassa e stupida e di aver saputo solo partorire una bambina grassa e stupida come lei. Diceva che era ignorante perché non leggeva di fi-lo-so-fia e non sapeva niente del Teatro del No. E la mamma mi difendeva, diceva che sono una bambina sen-si-bi-le, dotata per il canto, che bisognava cercare le doti giu-ste nelle persone.

Parlava senza dolore, scuotendo con pazienza il mangiacassette finché partiva con un sibilo sgraziato che lasciava intuire appena il suono da riprodurre. Un genere di musica mai ascoltato in casa mia, dove nessuno amava il canto: *Lieder* virtuosistici quanto lamentosi alle mie orecchie di bambina, in tedesco e quindi incomprensibili. Cantava sopra le voci dei cantanti e storpiava le parole tedesche che non conosceva. Ripeteva in modo ossessivo una strofa del *Die Forelle* di Schubert: *so zuckte seine Rute, das Fischlein zappelt dran, und ich mit regem Blute sah die Betrog'ne an.*

– Il pescatore tirò di scatto la lenza, il pesciolino si dibatteva e io, triste, restai a guardare la vittima in-gan-na-ta, – mi traduce Lucilla ogni volta recitando a memoria la versione che sua madre le ha trascritto su vecchi fogli di quaderno.

– Perché ingannata? – chiedo allora assecondando il suo gioco.

– Perché il pescatore, per catturare il pesciolino che nuotava felice in un ru-scel-let-to trasparente, ha in-tor-bi-da-to le acque. Il furfante, – conclude lei mentre si porta le mani al viso e spalanca gli occhi per sottolineare l'orrore dell'azione.

TRE

Altre volte piegava la sua potente voce di bambina alla drammaticità di *Gretchen am Spinnrade: mein Busen drängt sich nach ihm hin. Ach dürft ich fassen und halten ihn, und küssen ihn, so wie ich wollt, an seinen Küssen vergehen sollt!*
– Il mio petto anela a lui, ah, potessi prenderlo e tenerlo e baciarlo cosí come vorrei, dovessi pure mo-ri-re dei suoi baci! – ripete Lucilla abbracciando il suo corpo generoso con la testa reclinata su una spalla e gli occhi chiusi.

Il gregoriano mi piaceva di piú, c'era qualcosa di familiare nei suoni latini, mi ricordavano le preghiere che Maddalena mi recitava la sera quando andavo a letto. Le amavo perché erano dolci e somigliavano a ninnenanne.

Ascoltavo senza rispondere. Mi piaceva che non si parlasse di me. Che il dolore fosse di qualcun altro era un sollievo cosí grande che non sentivo colpa o imbarazzo.

Di Lucilla mi stupiva la relativa povertà in cui viveva. Osservavo, senza capire, che nessuno provvedeva a sostituire le cose vecchie o rotte come il mangiacassette, oppure l'astuccio con la cerniera che non chiudeva, o le matite cosí piccole che scappavano dalle dita.

Quando a casa si toglieva le scarpe il mio sguardo scivolava di continuo sugli alluci grassi che sbucavano dalle calze un tempo forse rosa o azzurre.

Qualche volta lei se ne accorgeva:
– Mia mamma dice che le man-gio le calze e che lei non ci sta dietro. Questo mese ha dovuto comprarmi tut-ti i quaderni per la scuola. Fortuna che i libri me li ha dati mia zia. Ma questo non dovevo dirlo a nes-su-no altrimenti pensano che lei fa le preferenze.

Quattro

Nascere brutta è come nascere con una malattia cronica che può solo peggiorare con l'età. In nessun momento della vita il futuro promette di essere migliore del presente, non ci sono ricordi belli da cui ricavare consolazione, abbandonarsi ai sogni significa procurarsi un supplemento di dolore.

Una bambina brutta vive con prudenza, cercando comportamenti che non aggiungano disturbo a quello che già viene dal proprio aspetto. Una bambina brutta non fa i capricci, non chiede, impara presto a mangiare senza fare briciole con il pane, gioca in silenzio spostando solo il necessario, mette in ordine la propria stanza prima che le venga chiesto, non si fa sorprendere due volte a rosicchiarsi le unghie, non consuma calze e scarpe perché si muove in modo composto, non alza la voce, non fa rumore quando scende le scale, non discute i vestiti da mettere.

Una bambina brutta è grata a tutti per il bene che le vogliono nonostante la delusione per la sua nascita, sta al suo posto, ringrazia per i regali che sono proprio quelli giusti per lei, è sempre felice di una proposta che le viene rivolta, non chiede attenzioni o coccole, si tiene in buona salute, almeno non dà preoccupazioni dal momento che non può dare soddisfazioni.

Una bambina brutta vede, osserva, indaga, ascolta, per-

QUATTRO

cepisce, intuisce; in ogni inflessione di voce, espressione del viso, gesto sfuggito al controllo, in ogni silenzio breve o lungo, cerca un indizio che la riguardi, nel bene e nel male. Teme di ascoltare qualcosa che confermi quello che sa già, e cioè che la sua esistenza è una vera disgrazia. Spera di sentire una parola che la assolva, fosse pure di pietà. Una bambina brutta è figlia del caso, della fatalità, del destino, di uno scherzo della natura. Di certo non è figlia di Dio.

– C'è il parroco, – dice Maddalena rientrando affannata in cucina dove stiamo pranzando. Non capita spesso che qualcuno suoni alla porta. – Si scusa di essere venuto a quest'ora di poca creanza, è che sperava di trovarvi in casa. Dice che la bambina ha cominciato la scuola e ha l'età per il catechismo. Con il vostro permesso sarebbe contento di averla in parrocchia sabato prossimo.

– Non se ne parla, – la interrompe mia madre con voce affilata guardando un qualche punto sulla tovaglia, davanti a sé.

Cinque

Ci fu una riunione qualche sera dopo l'inizio della scuola.
«Dio santo, ci dovrebbero essere delle leggi per queste cose. I bambini non possono essere messi in situazioni simili».
«E noi? È tutto cosí imbarazzante. Anche solo doverne parlare, insomma».
«Da quando è cominciata la scuola mia figlia si sveglia di notte con gli incubi».
«Lei non vuole che lo racconti, ma la mia ha ricominciato a bagnare il letto».
«E poi dov'era fino a oggi? Che ci resti! Suo papà ha soldi che bastano a farla studiare dove vuole!»
«Per favore, silenzio!» dice la maestra Albertina.
«Siamo mica a scuola qua, maestra. Comanda mica lei. Qua si tratta di risolvere un problema».
«Ma non c'è un problema. I bambini...» prova a dire la maestra Albertina.
«I bambini mica parlano con lei! Ha il coltello dalla parte del manico lei al mattino!»
«Ma stia zitto! Non si tratta di questo. Noi sappiamo bene che lei è una maestra eccezionale e che farà di tutto. Il punto è la... bambina».
«Ma è normale poi?»
«Per quello, dicono di sí. Sa un sacco di cose».

CINQUE

«Sííí, come i pappagalli».
«Vero, come i pappagalli».
«Ma non esageriamo adesso. È tutto cosí imbarazzante».
«Non può stare in una classe normale. Ci sono istituti speciali per questi casi. A suo papà i soldi non mancano».
«Ma non è un *caso*. Se mi date la possibilità...» riprova la maestra Albertina.
«Bisogna dire pane al pane. Mica girare intorno ai problemi».
«Non cosí. Non cosí. Maestra, noi sappiamo che lei è bravissima e per questo vogliamo parlarle prima di fare... Insomma, il punto è...»
«Buon Dio, di fare cosa? Ma cosa avete in mente?» interrompe la maestra.
«Fare, sí. Ci sono avvocati fra noi e ci sono cose da fare».
«Ma è una bambina dolcissima. È solo stata sfortunata. È intelligente. Suona il pianoforte», dice precipitosamente la maestra Albertina.
«Sííí, anche certe scimmie lo fanno. Maestra, non può negare la realtà».
«La realtà è che puzza anche».
«Questo no! Adesso basta!» esplode la maestra Albertina.
«Basta lo diciamo noi. Questa cosa è stata condotta in modo scorretto fin dall'inizio. Si doveva sapere che arrivava. Si doveva sentire il parere dei genitori».
«Io non l'ho vista, ma mia figlia dice che è proprio un mostro».
«E poi, vi immaginate le foto di classe?»
«Vero, le foto!»
«Ma non è questo il punto vi dico. Il punto è che non sta bene neanche lei in una classe normale e la maestra brava com'è lo sa bene».

«Si deve avere il coraggio di fare quel che è giusto. Alla fine ci sono scuole adatte dove lei potrebbe trovare amici del suo genere».
«Vero. Dice mia figlia che non parla mai con nessuno».
«Non parla perché i bambini non le rivolgono la parola. È quello che devono imparare», dice la maestra Albertina.
«Devono venire a scuola sereni, questo devono fare! Per persone cosí c'è personale specializzato, c'è!»
«Vero. Si sa che ci sono questi mostri ma non è una buona ragione per...»
«Mostruoso è quello che sento qui, – dice la maestra Albertina alzando la voce. Ma non è abituata e le viene stridula. – Con l'imbroglio sono stata invitata qui stasera. Mai e poi mai sarei venuta se avessi saputo. E se una sola parola di questa abominevole riunione esce di qui, se la bambina verrà a sapere, o i suoi genitori... faccio qualcosa di tremendo. Conosco cose di tutti, qui dentro. Mostruosa è solo l'ipocrisia che vi incrosta la lingua e il cuore».
– E poi? – chiedo a Lucilla.
– Poi è uscita di corsa come un'in-de-mo-nia-ta e non ho fatto in tempo a spostarmi da dietro la porta cosí mi è venuta addosso proprio qui, – e mostra un bozzo blu sulla tempia. – Poi mi ha chiesto dov'era la mamma e le ho risposto che non era stata invitata, pensa. Ma io ho saputo lo stesso e sono andata.
– E lei? – chiedo.
– Niente. Mi ha fatto giurare che non ti avrei raccontato nemmeno u-na pa-ro-la.

Sei

Il tempo delle elementari nel mio ricordo somiglia a quei giochi sospesi sopra spirali di molle compresse. Sono innocui finché stanno nelle loro scatole di cartone, ma feriscono in pieno viso se li si apre distrattamente.

Sul coperchio era ben seduta la maestra Albertina, che ne regolava con attenzione l'apertura e impediva con la sua presenza che i miei primi movimenti nel mondo mi facessero male.

Nessuno mi diventò amico oltre a Lucilla, ma non ci furono nemici da cui guardarsi.

Anche in questo Lucilla mi aiutò, perché i compagni di classe ci presero in coppia. Divisero fra noi in parti uguali lo stupore, la curiosità e in alcuni momenti forse l'avversione, che cosí furono meno potenti.

Sette

– Lo sapevamo tutti che sarebbe finita cosí, – dice zia Erminia con rabbia.
È seduta su una delle poltroncine dell'ingresso. Doveva aver dormito da noi quella notte perché indossava un pigiama verde scuro di raso lucido che sembrava un completo da sera.
Un rumore mi aveva svegliata. Dal letto sentivo molti piú passi di quanti potevamo farne tutti noi. Cosí mi alzai. Trovai le luci accese. Attraversai le stanze vuote seguendo il suono delle molte voci, quasi tutte assurdamente sconosciute. Mi fermai sulle scale chiedendomi se potessi scendere. Avevo paura dell'espressione di chi mi vedeva per la prima volta, se non c'era la mano di Maddalena da stringere. Dopo la zia Erminia, sento la voce bassa di mio padre.
– Dormiva da sola nella stanza sul retro perché aveva problemi di insonnia, – dice. – Soffriva di... depressione, – sento che la parola gli costa dolore. – Da dieci anni.
Con la testa infilata fra le colonnine di pietra della scala vidi nell'ingresso mio padre in vestaglia blu e pantofole; stava parlando con una donna in divisa mentre Maddalena era accasciata malamente sulla poltroncina vicino alla porta e piangeva con la testa fra le mani rispondendo ad altre persone anche loro in divisa.
– Era in cura? – chiede la poliziotta.

SETTE

– La curavo io, – risponde mio padre. Ha le braccia abbandonate lungo il corpo in una posizione che lo rende innaturale. – Non accettava visite e medici estranei. Era sempre... tranquilla.
– Si rende conto che sarà necessaria l'autopsia, – dice la poliziotta.
– Sí, – risponde lui.
Poi sembra sentire il mio sguardo e si gira.
– Rebecca...
– Papà...
Forse venne a prendermi lui o forse scesi, ma quando lui parlò ancora, mi tenevo stretta al suo collo:
– La mamma è... caduta nel fiume stanotte. Si è affacciata al balconcino per vedere le luci di Monte Berico come faceva qualche volta ed è scivolata nell'acqua nera.
– Sí, – dice la poliziotta accarezzandomi la testa con la mano che sfiorava appena la punta dei capelli. – È scivolata e l'acqua era fredda stanotte.
– E dov'è? – chiedo al silenzio che ha saturato di colpo l'ingresso. – Dov'è adesso?
– Se n'è andata per sempre, – risponde piano mio padre.
Non trovo l'ordine dei fatti. Non sono sicura di aver cominciato allora a sognare mia madre vestita con il suo solito abito nero mentre scende dal cielo come una madonna in lutto e si affaccia al mio balconcino tentando di parlarmi ma io non sento perché sono completamente sorda. Altre volte la sognavo mentre cadeva nel fiume e gridava forse aiuto. Poi cominciò a comparirmi vestita di azzurro, come sapevo che era il giorno del suo matrimonio. Nel sogno contavo i piccoli fiordalisi bianchi intorno alla scollatura: uno-due-tre dodici a destra, uno-due-tre dodici a sinistra. Li contavo e ricontavo controllando con la coda dell'occhio la sua bocca perché sapevo che aspet-

tava solo un momento del mio silenzio per parlare ma al posto delle parole dalle labbra pallide usciva un rivolo incerto di sangue che scivolava sul vestito sottolineando la curva del seno e dei fianchi fin giú, sul suo piede sinistro. Una linea che la tagliava in due, un prima e un dopo. A questo punto urlavo e al risveglio contavo le travi del soffitto, uno-due-tre dodici anche loro, e le assi a perpendicolo, uno-due-tre ventiquattro.

In un altro ricordo sto seduta davanti al pianoforte ma non suono. Mi piego in due con la testa appoggiata alla tastiera e le braccia strette intorno al corpo, e ascolto il battito del mio cuore. È cosí forte il suo pulsare che muove ritmicamente un tasto: do do do do. No no no no. Dalle finestre spalancate viene il freddo del fiume e io mi lascio congelare: prima i piedi, poi le gambe, la testa, infine il corpo e per ultime le mani.

– Che la Madonna di Monte Berico guardi giú fin qua! – dice Maddalena chiudendo le finestre.

Poi mi prende in braccio cosí come sono, tutta raggomitolata, e si siede sulla poltroncina davanti alla stufa di maiolica che emana un caldo denso. Mi stringe respirando fra i miei capelli e mi piace sentire il calore che viene dal suo corpo mescolarsi con quello della stufa.

«Io ho dieci anni», penso.

Otto

Tranne Maddalena, non ricordo che qualcuno abbia pianto quando morí mia madre. Forse questo accadde perché non ci fu il funerale, che è l'occasione piú propria per piangere. E non ci fu un funerale semplicemente perché nessuno sapeva occuparsene. Quando il parroco la mattina dopo era comparso a portare un conforto timido, a un certo punto aveva fatto presente che per quanto lo riguardava non c'era impedimento alcuno a celebrarlo nella bella chiesa di Santa Caterina ai piedi della Madonna di Monte Berico, perché: – Il Signore certo sapeva accogliere il suo e il nostro dolore –. Ma piú che mio padre, si oppose la zia Erminia:
– Mia cognata aveva perso la fede. Sarebbe un vero sopruso, – dice rivolta al parroco con una violenza che sottolinea tracciando nitida nell'aria una serie di linee nervose.
Il parroco è in piedi vicino al portone d'ingresso e fa un leggero inchino rivolto a tutti:
– Il dolore è potente e può spingere dove non si vuole davvero andare.
– Voi siete maestri dell'arte triste che pretende di sapere, senza conoscere e senza ascoltare, dove le persone vogliono andare, cosa vogliono fare davvero… Mia cognata voleva morire da… anni –. Si interrompe e mi guarda per un istante come colpita da un fastidio.

– E questa notte ce l'ha fatta, – conclude cosí piano che se il silenzio non fosse stato perfetto le parole si sarebbero perse nel fruscio delle tende sul pianerottolo.

In quel momento seppi che mia madre si era data la morte e abbassai gli occhi per una vergogna di cui non conoscevo l'origine, ma non c'era chi avesse spazio per me nel deserto dei propri pensieri. Solo il parroco mi accarezza la testa con un movimento di cui è poco pratico:

– Nessuno sa, anche quando crede di sapere. Il bene e il male sono parole che servono a mettere gli uomini buoni in croce.

– Mi pare che siamo… inadeguati a un funerale, – interviene mio padre anticipando qualcosa di terribile che zia Erminia sembra pronta a dire. – La ringraziamo.

Nove

In quei giorni Maddalena mi preparò alle visite che avremmo ricevuto. Girava per la casa soffiandosi il naso con un grande fazzoletto bianco di mussola finissima e seminando una scia di lacrime lungo i corridoi e sulle poltrone che spostava di qualche centimetro avanti e indietro, senza convinzione e necessità.
A intervalli regolari si volta di scatto verso di me:
– Povera povera bambina, – dice stritolandomi in un abbraccio. – Povera bambina. Bisognava fare qualcosa. Invece no, sempre zitti a rispettare la giovane signora. Prima o poi guarisce, diceva tuo padre. Non bisogna forzarla. Ecco qua il risultato. La verità è che era comodo a tutti. La giovane signora fuori gioco e Madama Erminia a spadroneggiare nella casa di suo fratello. E adesso vedrai che viene qui. Ma io ti difendo sai. Nessuno mi manda via da qui senza di te.
Stirò un bel vestito bluette con il colletto bianco che non avevo mai usato, comprato per le feste della scuola. E recuperò i vestiti dei suoi molti lutti. Cucinò biscotti di vaniglia e limone che riempivano le stanze del loro profumo struggente. Pulí e spolverò piú del solito, perché era giusto, diceva, e per tenersi occupata. E tenermi occupata.
Papà e zia Erminia erano scomparsi, presi da quelle cose burocratiche che seguono le morti violente, cosí ripe-

teva ogni momento Maddalena come per convincersi. Né io osavo chiedere per quelle assenze sorprendenti. Non andavo a scuola in quei giorni, non sapevo se suonare fosse sconveniente e non avevo il coraggio di avvicinarmi al pianoforte.
Il terzo giorno fu chiaro che non sarebbe venuto nessuno in visita. Anche il telefono taceva in modo assurdo: nessuna paziente di mio padre, nemmeno Lucilla si faceva sentire.
– Impossibile, – esplode Maddalena a pranzo. È domenica e siamo sole. Fuori piove e non si sentono i rumori del traffico.
– Impossibile.
Si asciuga le lacrime e mi dice con decisione: – Mangia il tiramisú. Io esco un momento.
Tornò un'ora dopo, affannata, piú per l'offesa che per la corsa.
– Madama Erminia ha detto a tutti che non si gradiscono le visite. Pare che lo abbia addirittura fatto scrivere sul giornale. Mancava che tappezzasse la città di manifesti, mancava.
Era furiosa e piangeva piú del solito. Sentiva che anche quelle visite mancate erano una ferita per me, che venivo ancora una volta esclusa.
– E tu suona bambina. Suona! Salvati! – Mi prende le mani e le stringe delicatamente fra le sue come per pregare: – Hai la vita nelle tue mani. Ringraziamo la Madonna e Gesú Bambino!
Mi porta su, mi deposita davanti al pianoforte e mi dice:
– Suona qualcosa che ci faccia piangere tutte le lacrime e che sia chiusa la storia!
Si lasciò cadere sulla poltroncina bianca su cui sedeva mio padre la sera e ascoltò tutta rigida, con giacca e cap-

NOVE

pello ancora in testa. Scelsi una *siciliana* triste che suonai con il sollievo ansioso di chi può finalmente respirare dopo che ha rischiato di soffocare.

In effetti alla fine qualcuno si presentò alla porta il giorno successivo, qualche minuto prima delle cinque. Maddalena e io arrivammo nello stesso istante ad aprire e ci trovammo davanti la maestra Albertina. Teneva per mano una Lucilla straordinariamente ben vestita per l'occasione.
– Benedette! – esclama Maddalena prendendo la mano della maestra Albertina e trascinandola dentro insieme a Lucilla. – Benedette tutte e due! Stiamo giusto prendendo il tè. Vi unite a noi?
– Certo, con piacere, – dice la maestra Albertina facendo ondeggiare in su e in giú i capelli.

Lucilla mi prende sottobraccio e mentre lascia andare avanti sulle scale Maddalena e la maestra Albertina mi sussurra:
– Sono stata io a dire alla zia che si-cu-ra-men-te eri a casa per il tè delle cinque! A scuola abbiamo preparato delle sorprese, poesie e lettere, da portarti. Ce le ha fatte fare la zia. Ma poi Murari, che è figlio del direttore del giornale, ha detto che tua zia Erminia aveva det-ta-to alla giornalista che scriveva l'articolo su tua madre che voi non volete as-so-lu-ta-men-te visite. Nien-te. Per rispettare il dolore, capisci? Allora abbiamo pensato che te le davamo a scuola. Ma nien-te. Tu non torni. Allora ho detto alla zia Albertina: Si va! Sono io che risolvo i problemi a casa nostra, dice sempre la mia mamma. Ed eccoci qua. Come stai? Bello il vestito. Anch'io mi sono vestita bene. Mia mamma voleva venire anche lei ma la zia Albertina ha detto no, che cosí sembra un'in-va-sio-ne. Tutti pensano strane cose di questa storia per...
– Cosa? – la interrompo fermandomi.

– Non dovrei pro-prio dirtelo. Ho pro-mes-so. Ma dicono che per tuo padre è una bella li-be-ra-zio-ne da un incubo. Che un uomo giovane e bello come lui non poteva as-so-lu-ta-men-te vivere cosí.
– Cosí come?
– Come un castrato dicono.
– Castrato?
– Uno che non fa all'amore mai. Capisci? Un monaco. Perché era chiaro che lei di sicuro non faceva all'amore, anche se tanti dicono che doveva avere certo trovato il modo di con-so-lar-si lui.
– Chi lo dice? Come? – mi rendo conto che non so nemmeno cosa domandare.
– Dov'è tuo padre adesso?
– Non so.
– E zia Erminia?
– Non so. Sono impegnati in cose burocratiche.
– Tutto il giorno? Sono chissà dove a far cal-ma-re le ac-que.
– Quali acque?
– Ma tu l'hai sentita cadere? – mi chiede piano piano per non farsi sentire. – E perché c'era la zia Erminia in casa quella notte?
Mi vedo in piedi davanti al tavolino del salone dove Maddalena sta appoggiando la teiera e le tazze e mi sembra che il pavimento sia la superficie nera del Retrone che ondeggia sotto le mie scarpe blu con la fibbia d'argento che a un certo punto non vedo piú, sprofondata, e io con lei.
– Aiuto! – grido aggrappandomi alla maestra Albertina.
– Madonna di Monte Berico, muore! – urla Maddalena che mi fa stendere sul pavimento ritornato solido come deve.
– Domani Rebecca torna a scuola, – sento dire alla ma-

NOVE

estra Albertina. – Lo comunichi al padre. Se non la vedo faccio intervenire i carabinieri. Non può restare rinchiusa qua dentro.

– Oh, ci sarà, – risponde decisa Maddalena. – E la denuncia per i servizi la firmo anch'io.

Una sorprendente alleanza nacque per caso quel giorno, ed ebbe un ruolo determinante nei miei anni futuri. Quella minaccia di denuncia, che io temevo troppo per chiedere spiegazioni, fu appena accennata, solo sussurrata in modo incompleto un'unica volta alla presenza di mio padre. Lo fece Maddalena un giorno in cui c'era stata qualche discussione alla quale non avevo assistito, lo fece di sfuggita, mentre gli voltava le spalle e lavava qualcosa con cura eccessiva nell'acquaio. Ma da allora quella minaccia abitò silenziosa ogni angolo della nostra casa, pronta a fluttuare senza paura nel mezzo di ogni decisione che si trattava di prendere. Arma potente nelle mani di Maddalena.

Quando Maddalena veniva a prendermi a scuola, si fermava spesso a parlare con la maestra Albertina. Normalmente non sentivo le loro parole e quando mi capitava di cogliere qualcosa, si trattava di innocui scambi di informazioni sui compiti e sul tempo. Eppure sapevo che era per me quel loro sodalizio curioso, che vegliavano su qualcosa che forse nemmeno loro sapevano bene cosa fosse.

Qualche giorno dopo papà tornò a casa, senza spiegazioni, e riprese il lavoro fra lo studio e l'ospedale. Anche zia Erminia ricomparve. Arrivò una sera a cena, abbronzata e profumata, piú bella di quanto l'avessi mai vista. Non parlò molto e solo di musica, conservatorio e allievi scadenti. Nessuno le rispose per tutta la serata. Quando se ne andò non ci sentimmo per niente sollevati.

Dieci

Zia Erminia si trasferí da noi qualche settimana dopo la morte della mamma. Si portò dietro uno sciame di profumi e colori che lasciavano traccia di sé in ogni stanza della casa. Conoscevo la sua passione, un nuovo sontuoso profumo che un artigiano francese aveva dedicato a Chopin: un misto di gelsomino, arancio e rosa che sfumava in note orientali di ylang-ylang e sandalo. Aveva la concretezza, ai miei occhi magica, di un velo invisibile che le si allargava intorno a ogni passo, quando suonava, quando si girava per sorriderci, quando ci lasciava. Però dal bagno usciva anche la miscela di profumi delle creme per il corpo: la crema alla tuberosa che metteva sulle gambe, l'olio di mandorle con cui la notte faceva impacchi ai capelli. Spesso la sera mi faceva entrare con lei nella stanza da bagno e mi parlava mentre curava quel suo corpo pieno di bellezza. Mi raccontava dei suoi allievi. Alcuni erano miei compagni di classe e mi piaceva sentire che erano molto meno bravi di me, che sbagliavano clamorosamente il saggio, che non sapevano ripartire dopo aver perso una battuta. Continuavo a sognare il conservatorio, ma su questo zia Erminia era irremovibile.

– Come vuole tuo padre: alla fine delle elementari, – dice con decisione. – Del resto meno ti mescoli a quelle oche addestrate che ci arrivano spinte a calci dai genito-

ri, piú probabilità hai di coltivare un tuo stile. A suonare bene sono bravi in tanti, l'importante è trovare la propria musica dentro.
– Come Bach? – La provoco perché l'intensità della sua furia mi regala un brivido di piacere.
– Bach era un bacchettone protestante prolifico come un coniglio di batteria che ha avuto la fortuna di intercettare dall'aria del tempo un refrain noioso come la morte e l'ha nobilitato attaccandoci le lodi al Dio altissimo, amen! – scandisce tracciando nell'aria un ampio e deciso segno di croce.
– E Wagner?
– Musica per sordi. A furia di vibrazioni, qualcosa sentono anche loro.
– E Mozart?
– Fedifrago incontinente affetto da delirio di erotica onnipotenza. Scriveva musica per educande da sedurre in serie. Solo il *Requiem*: il *Requiem* vale la sua sciocca vita di pavone incipriato e gli si può perdonare il resto. Forse proprio sulla soglia della vita il Dio dei segreti disegni gli ha regalato uno sguardo sull'abisso in cui stava precipitando e gli ha permesso di trascriverne un bagliore per nostro monito e nostra edificazione –. E allunga le braccia davanti a sé per difendermi da quello sguardo terrifico la cui semplice evocazione sembra spaventare anche lei.

Adoravo le conversazioni serali con la zia Erminia: la vertigine che mi veniva dalla confidenza con quel corpo perfetto mi portava a fluttuare in una specie di zona franca dove era permessa ogni cosa, anche dimenticarsi di essere brutta.

– Bisogna rinnovare tutto in questa casa, – dice una mattina a colazione. È avvolta in una vestaglia verde bril-

lante sulla quale i suoi capelli neri lucidi fanno l'effetto di una notte senza luna.
– Le cose portano dentro la storia che hanno vissuto e qui dentro serve spazio per storie nuove.

Nessuno risponde mentre Maddalena appoggia rumorosamente il cestino del pane sulla credenza guardando fisso mio padre da dietro le spalle della zia.

– Potremmo cominciare con i colori: troppo tenui. Sembra di abitare dentro un sacchetto di bonbon scaduti. Alla lunga colori cosí rendono fiacchi, – insiste mimando con le mani un tremolio scomposto.

Mi capitò allora quello che a volte si vive nei sogni, di voler parlare e non poterlo fare. La bocca aperta nello sforzo fisico e doloroso di espellere un suono, gli occhi sbarrati come di fronte a un pericolo. Ma non potevo dire niente e anzi mi sembrava di soffocare per una contrazione violenta della gola.

Io volevo solo parlare e dire che quei colori erano anche i miei colori e non volevo per niente al mondo rinunciare al giallo della mia camera, all'azzurro delle tende del salone, delle pareti dell'ingresso, dei mobili della cucina. Quei colori mi appartenevano piú del mio nome che nessuno usava mai, mi avvolgevano quando passavo da una stanza all'altra e quando mi addormentavo di sera. Erano i colori che mia madre aveva scelto, che non aveva cambiato dopo la mia nascita. Rappresentavano la continuità con i suoi sogni. Erano lei prima che io nascessi. Ma non erano, questi, pensieri consapevoli. Solo un grumo che chiudeva il respiro.

– Non è il caso, – dice mio padre sottovoce. – Questo non è il caso, – ripete piú forte mentre zia Erminia esce scrollando le spalle come per cacciare un peso molesto.

Nel periodo in cui zia Erminia non mi diede piú lezioni

di pianoforte cominciai a comporre musiche mie. Lo facevo solo quando lei non c'era e spesso in presenza di Lucilla che veniva nel pomeriggio e mi spingeva al gioco.

– Immagina di essere al Teatro Olimpico, – dice con la voce che fa somigliare a quella di una ipnotizzatrice. – Sei lí. O meglio all'Arena di Verona. Te lo immagini?
– Non so, non l'ho mai vista.
– Oddio, allora bi-so-gna assolutamente che tu venga con noi la prossima volta. Io ci sono stata de-ci-ne di volte! Mia madre mi porta ogni estate per la lirica, sai, gli spettacoli, e poi quando deve farsi perdonare qualcosa di serio. Comunque immagina un anfiteatro come quello dei romani, e-nor-me, buio e pie-no di gente.

Si alza e spegne la luce.

– E tu suoni. Nessuno ti vede e tu suoni suoni suoni qualcosa che nessuno ha mai sentito e tutti dicono ma chi è questa qui? chi la conosce? è un mi-ra-co-lo della natura. E ascoltano, ascoltano in silenzio…

E io suonavo avvolta dal buio buono venato d'azzurro e trasformavo in adagi cadenzati la lentezza dei giorni senza tempo che avevano seguito la morte di mia madre. Mentre l'acqua nera che l'aveva sedotta diventava un tema ossessivo riproposto in variazioni sempre piú veloci, piú intricate, che si rincorrevano senza pace.

– Cos'è questo? – chiede Lucilla.
– È l'acqua del Retrone, – rispondo e arpeggio un suono d'acqua che parte acuto e va sempre piú giú verso le note gravi del pianoforte finché diventa un rombo senza grazia.
– Fa paura.
– No, se è musica.
– Adesso suona la pioggia.

Anche la pioggia parte acuta e chiara e si trasforma in un temporale che abbatte le cose.

– Fa' il temporale che finisce e torna il sereno.
Ma non le piaceva la musica del sereno. Mi veniva simile a variazioni su musica di Pachelbel. Qualcosa che cambia ma che permette di riconoscere il tema di partenza. Rassicurante ma non nuovo.

– Voglio una musica che non si ricordi del dolore, – dice un giorno all'improvviso.

Io rimango con le dita appoggiate al bordo della tastiera e provo a cercare le note. È buio intorno a me ma non è stata Lucilla. Capisco che è sera ormai.

– Non sono capace.

Undici

Da piccole le bambine pensano di poter diventare qualsiasi cosa: principesse, dottoresse, maestre, attrici. Una bambina brutta sa di essere sempre e solo brutta. Una bambina brutta non ha progetti per il proprio futuro. Lo teme e non lo desidera perché non lo sa immaginare migliore del presente. Ascolta i progetti delle altre bambine e sa da sempre che non la riguardano. Cosí pensa di non sentire dolore se le capita di intuire il desiderio di chi descrive il suo futuro di modella, cantante, hostess, ballerina, avvocato, medico, impiegata, insegnante. Quello è il mondo delle altre. Lei a volte si scopre a pensare che forse esiste un lavoro che si possa fare restando nascosti, in casa, nel buio. Ma non lo conosce e ha paura di chiedere.
Come non c'è un lavoro, cosí non c'è un compagno nel suo futuro, perché sa che nessuno proverà verso di lei un sentimento piú benevolo della pietà.
Una bambina brutta non ama nemmeno il passato dal momento che non porta niente di bello da ricordare. Vorrebbe invece con tutta se stessa cancellare i ricordi cattivi ma non può, perché anche il dolore di un'offesa è vita, preferibile al niente dell'indifferenza.
Naturalmente una bambina brutta può sognare, ma per lei il risveglio è ogni volta un precipitare sempre piú profondo e cosí perde presto quest'arte.

Dodici

La prima estate dopo la morte di mia madre si annunciò terrificante. L'inverno era passato fra la scuola, i compiti, le visite di Lucilla, le serate con zia Erminia. Ma quando la scuola a giugno si concluse, il vuoto mi aggredí. L'ultimo giorno mi sentii infelice come non mi era ancora mai accaduto. I miei compagni si raccontavano le vacanze di quei mesi di passaggio verso la scuola media, mentre io sentivo per la prima volta una diversità che non era dovuta solo al mio aspetto. La presenza di mia madre aveva riempito malgrado tutto le mie giornate. Lei mi bastava. Se lei era nel salottino io salivo e scendevo le scale continuamente con pretesti minuti o anche senza pretesti, per potermi rassicurare con la coda dell'occhio che lei ci fosse. Non la guardavo davvero. Mi bastava l'ombra scura in fondo all'occhio, la macchia nera che diceva la sua presenza.

Se invece lei era nella sua stanza, allora suonavo, dopo aver verificato che le porte fossero aperte. Mia madre non chiudeva mai del tutto quella della sua camera e in fondo so che speravo lo facesse per me. Allora ogni tanto mi interrompevo e scivolavo silenziosa lungo il corridoio che dava sulle camere e passavo rapidamente davanti alla sua. Lei girava le spalle alla porta. Era spesso seduta al tavolino da toilette che le faceva da scrivania e non sembrava vedermi.

Ma con la sua morte le giornate si svuotarono. E con

DODICI

la fine della scuola diventarono voragini. Zia Erminia ci raccontò di un concerto importante a Milano. Ci disse che non sarebbe tornata per molti giorni. Non mi aveva piú dato lezioni dopo la tragedia, né io osavo chiedere qualcosa. Suonavo, ma senza quel pubblico inespressivo, muto, forse anche sordo ma pur sempre pubblico, che era la presenza di mia madre.

Solo la sera Maddalena si sedeva qualche volta ad ascoltarmi, anche se la musica la faceva piangere piú del solito. Ascoltava e sospirava lasciando che grosse lacrime cadessero pesantemente sul grembiule blu.

– Sono il maestro Aliberto De Lellis e sarei qui per la lezione di pianoforte.

Un uomo alto e forse non piú giovane, con grandi occhi chiari e curiosi si sta inchinando verso un punto mediano fra me e Maddalena. È vestito con un completo bianco troppo largo e, malgrado il caldo che fa tremare l'aria sopra l'asfalto della strada, indossa la cravatta.

L'età varia a seconda del punto su cui si ferma lo sguardo. Il vestito lo spinge oltre la soglia della mezza età. I capelli biondi e il sorriso disteso fanno sospettare molti anni di meno. Siamo davanti al portoncino aperto e non sappiamo cosa fare di fronte a questa apparizione dal nome improbabile.

– Benvenuto, – dice infine Maddalena, che però non si decide a farlo passare perché sembra non fidarsi abbastanza. – La manda Madama Erminia? Ci scusi ma forse ha dimenticato di parlarcene...

– Oh, non c'è da sorprendersi povera povera cara. Da quando non insegna piú è...

– Non insegna piú? – interrompiamo insieme.

– Sí. Ha chiesto aspettativa al conservatorio dopo... gli eventi... l'evento... – mi guarda.

– Ma se racconta sempre dei suoi allievi... – mi interrompo perché capisco di aver sbagliato.
– In effetti è stato tremendo, – conclude Maddalena e si sposta un po' ma non abbastanza per far passare il maestro.
– Poiché ho saputo da lei stessa, avendola incontrata casualmente a Venezia...
– Venezia, – ripete Maddalena.
– Appunto, avendo saputo che si sente come dire... in colpa, per non poter piú dare lezioni a questa nipote straordinaria, – e allunga la mano come per stringere la mia, ma poi ci ripensa, – di cui mi parlava sempre, al conservatorio, io sono un suo collega, avrei dovuto dirlo subito. Allora mi sono offerto. Amo i talenti... speciali, – e si inchina di nuovo, questa volta verso di me.
Ha una voce esitante come i suoi movimenti, ma non sembra intimorito dal fatto di non essere atteso.
– Stiamo prendendo il tè. Ne gradisce una tazza? – Maddalena decide di fidarsi.
– Grazie.
E d'improvviso mentre saliamo le scale lui mi prende per mano. Con un gesto brusco, uno scatto secco come un colpo di bocce, mi serra la mano nella sua. La promessa inattesa di una presenza che sarebbe durata. Fu la prima persona che mi prese per mano spontaneamente, senza che la buona educazione o il ruolo lo imponesse. Fu una scossa che assorbí ogni mia possibile reazione. Gli lasciai la mia mano, la abbandonai nella sua che era fresca come quella dei bambini, morbida come quella dei pianisti.
Fu lui a riempire i miei giorni di quell'estate. Era un uomo tranquillo e manierato e le emozioni che in qualche modo passavano tra di noi mi aiutavano a temperare la passione dei brani che suonavo con lui.
Mi guidò fuori dal romanticismo irruento della zia Er-

minia e mi fece amare le armonie geometriche di Bach, la vitalità sempre pronta a esplodere e sempre trattenuta di Vivaldi, di cui mi suonava volentieri le trascrizioni proprio di Bach per clavicembalo, l'enigmaticità dei compositori russi. Esprimeva il piacere di insegnarmi quanto sapeva attraverso complimenti d'altri tempi:
– Oh-oh! Malgrado la sua davvero giovane età ha eseguito questa *pavane* con uno stile impeccabile!
Mi piacevano quei complimenti. E amavo come mi faceva ripetere i passi difficili con pazienza, senza mai aver l'aria di stancarsi. Dopo la tempesta di zia Erminia il trascorrere misurato delle sue mani sul pianoforte bonificava la tensione che mi abitava.
Maddalena gli inflisse molte lunghe pause e molti tè prima di trovare il coraggio di chiedere. Lui era reticente, cambiava discorso con cortesia delicata, si complimentava per i biscotti sempre diversi, si informava sulla mia passione per la vaniglia. Ma per noi ci fu comunque l'opportunità di scoprire aspetti sconosciuti di zia Erminia.
– Ma uomini ne ha? – chiede un pomeriggio a bruciapelo Maddalena, con quel po' di malagrazia che accompagna le domande indiscrete.
– Non... che si sappia... o dica, – risponde il maestro cauto. – Certo in molti hanno... tentato. Di uscire con lei, intendo. Di farle un complimento per... provare il terreno, per cosí dire. Ma non ci sono riusciti. No. Lei ride e scappa via.
– Non è mica normale, – dice Maddalena severa. – O una fa un voto e allora passi. Altrimenti... Lei poi è sempre cosí provocante.
– In effetti, – conferma il maestro suo malgrado.
– *Bronsa cuerta*. Potrebbe essere una *bronsa cuerta*?
– Non sono sicuro di capire, – risponde De Lellis prudente.

– Verginella santerellina in apparenza, mangiauomini nei fatti, – risponde con una dose di brutalità Maddalena.
– Non saprei, – dice il maestro in tono conclusivo.
Quell'estate zia Erminia tornò poche volte a casa. Dopo la bugia su Milano, lasciò intendere che andava in vacanza, ma non arrivò mai una sua cartolina. Del resto nessuno le chiedeva niente. Le mie conversazioni serali nel suo bagno si erano diradate e lei non si informava mai sul maestro, ma nemmeno protestava per le musiche nuove che a volte le capitava di sentirmi suonare. C'era l'esame di ammissione al conservatorio a settembre, me lo disse piú volte, come per ricordarlo a se stessa. Io di certo non avrei potuto dimenticarlo.
– Ci sono chiacchiere su Madama Erminia?
La domanda fa sussultare leggermente la mano del maestro che rovescia qualche goccia di tè scuro sul pizzo candido della tovaglietta.
– No. Non... saprei.
– Me lo direbbe se lo sapesse?
– Non... no. Direi di no.
– Chi me lo può dire?
– Non sempre è bene sapere.

Tredici

– Fa' piano, la mamma dorme, – dice Lucilla mentre entro nel suo appartamento in un pomeriggio afoso di quell'estate.
– Sta male?
C'è un silenzio innaturale per essere nel suo appartamento.
– No. Ha fatto una not-te bra-va.
– Brava?
– Di fuo-co.
– Di fuoco?
– Insomma... con un uomo, no?
– Quale uomo? Tuo padre è tornato?
– Che idea rac-ca-pric-cian-te. Con quello anche se tornasse neanche mor-ta. Con un pittore.
– Un pittore. E perché?
– Perché tut-ti hanno un uomo quando arriva l'età giusta e l'oc-ca-sio-ne. Ma non dire nul-la, – mette il dito indice davanti alle labbra, il suo viso a sfiorare il mio. – Io non so nul-la ufficialmente.
Piú tardi sua madre si alzò, accese la radio in cucina, cucinò un soufflé al cioccolato.
– C'è il dolce per voi, – dice entrando in camera di Lucilla dove stiamo ascoltando musica. – Cioccolato alla vaniglia, come piace a te Rebecca.
Io scruto prima il suo viso tondo e mite e poi le curve del suo corpo che si muove immenso ma sciolto nel vesti-

to giallo oro dell'estate, e cerco il segreto di quella notte che non so immaginare. Poi penso che fa torte che le somigliano.
Poco prima di cena tornai a casa. Non c'era nessuno. Maddalena era fuori per qualche commissione che non conoscevo. Mio padre in studio o in ospedale come sempre. Il silenzio era immerso nella penombra fresca dei balconi chiusi e delle tende tirate. Mi sedetti nella poltroncina vicina al portone d'ingresso. Nessuno disturbò il silenzio fino al ritorno di Maddalena.
Improvvisamente penso che abbiamo la vita che ci meritiamo ma non so perché.

Quattordici

Anche mio padre dopo la fine della scuola scomparve, quell'estate. Rientrava quasi sempre la sera tardi, molto dopo la cena, quando era sicuro che avessi già avviato i rituali necessari ad andare a letto. Sapeva che Maddalena vegliava su questa sequenza ordinata di azioni come se si trattasse di un ufficio sacro, qualcosa che doveva chiudere la giornata con rigore e grazia, un punto fermo, su cui il caos della vita non poteva niente. Cosí mi salutava brevemente dalla porta della camera, senza entrare, senza avvicinarsi, senza guardarmi negli occhi. Capitava che fosse a casa per cena e allora si mangiava in un silenzio piú assoluto di quando c'era mia madre. Solo se arrivava la zia Erminia la cena prendeva un po' di vita e diventava l'esibizione imbarazzata ed esagitata di un attore sopra le righe.

Maddalena e io sapevamo dal maestro dei suoi vagabondari di città in città e lasciavamo che la zia raccontasse di sue estenuanti prove d'orchestra senza chiedere o contraddire. Non so cosa sapesse mio padre, ma sembrava temere il silenzio in quelle sere e cosí riempiva gli istanti in cui la zia era impegnata a mangiare con domande minute e ansiose sugli spartiti, i leggii, l'acustica dell'auditorium, il colore delle seggiole, i comportamenti degli orchestrali.

Lui lavorò sempre quell'estate. Un po' alla volta ricominciarono le telefonate delle pazienti che lo cercavano per le mille paure che accompagnano l'attesa di una nascita. Ormai rispondevo anch'io al telefono e se mio padre non c'era avevo imparato a rassicurare quelle signore, a dire che era reperibile all'ospedale, che di sicuro lo avrebbero trovato, e che altrimenti richiamassero e lo avremmo cercato noi direttamente. Mi piaceva molto quel ruolo da grande. Mi permetteva di esistere senza espormi alla sorpresa, al disgusto, alle reazioni scaramantiche, alla pena del mondo. Trovavo per la prima volta una dimensione normale che nemmeno la musica mi aveva dato, perché anche quando suonavo il mio corpo feriva la vista di chi mi ascoltava. Essere solo voce mi restituiva intatta un'intera gamma di possibilità: essere dolce o professionale, sbrigativa o distesa, sicura di me o incerta. Mi sentivo libera di chiedere, rispondere, prendere tempo. Provavo tutte le varianti cercando il mio stile nella voce visto che non potevo averlo nella vita.

La voce mi obbediva proprio come le mani quando suonavo. Diventava profonda, sonora, arrotolava la erre come mio padre, tremava di rabbia o emozione come quella di Maddalena.

Conoscevo quasi tutte le pazienti di mio padre, ne ricordavo il nome, le patologie, il carattere per come lui le aveva descritte con garbo pieno di umanità a mia madre ogni sera. Forse lei non ascoltava, magari si ritirava nella sua fortezza dalle altissime algide mura e le parole di quell'uomo pieno di vita e dolore non raggiungevano nemmeno la consistenza di un brusio molesto alle sue orecchie. Ma per me erano importanti quelle signore che affidavano a mio padre le loro speranze e malattie e che lui accoglieva e capiva fino a conoscerle meglio di quanto loro stesse si conoscessero, come un interprete pieno di rispetto e libero da ogni invidia riscrive a ogni

QUATTORDICI 67

concerto una verità che l'autore non sa di avere consegnato alla sua musica.
Le immaginavo una a una, con le loro pance piene di bambini, o di tumori, o di paure o di desideri. Una giovanissima piccola donna, un folletto minuscolo, biondo riccio, chiacchierone, con scarpette basse, dorate, anche in inverno, aspettava due gemellini che probabilmente erano nati a marzo. Non ne sapevo piú nulla, la morte della mamma aveva interrotto gli aggiornamenti serali. Adesso ritornava, con una voce sua, precisa, acuta e imperativa, con urgenza, per un disturbo preoccupante, prima vago poi, in risposta alla mia voce tranquilla, sempre piú preciso, un dolore fra l'ombelico e il pube.
– Ingravescente? – chiedo.
Mi piacciono quei termini gonfi di complicità.
– Sí, di giorno in giorno, di ora in ora. È insopportabile. Ho bisogno del dottore, subito.
Valuto con prudenza:
– Magari uno sforzo. Lei ha avuto un cesareo? – Io ricordo.
– Sí. Ho vuotato una libreria e spostato gli scatoloni dei libri. Ma il cesareo è di cinque mesi fa…
– Forse ha avuto tanti punti, i tessuti fragili –. Me lo ricordo bene, un'emorragia, una rotaia lunga lunga di piccoli punti, aveva raccontato papà quella sera.
– È vero –. È sollevata.
– Comunque riferisco e sarà richiamata appena possibile.
Le nuove voci si accoppiavano con naturalezza alle immagini che mio padre mi aveva trasmesso delle sue pazienti e insieme davano vita nuova a questo universo di signore che di certo non sapevano con chi parlavano, perché ero attentissima a ritoccare la mia voce bambina, a preservare intatto quel gioco che mi permetteva di muovermi nel

mondo adulto di mio padre. All'inizio, se Maddalena era in casa, lasciavo che rispondesse lei al telefono. Solo quando era fuori per la spesa prendevo le telefonate: sprofondavo nella bella poltrona blu notte in tessuto jacquard dello studio di mio padre, appoggiavo la testa rovesciandola all'indietro sul bordo dello schienale, una mano che teneva la cornetta e l'altra abbandonata sul bracciolo, e parlavo, ascoltavo, rassicuravo, annotavo mentalmente, salutavo.

Un giorno accadde: Maddalena tornò a metà telefonata e non potevo cambiare voce e registro della conversazione. Sentivo che stava ferma sulle scale e ascoltava, la immaginai incerta se intervenire o no. Non disse niente. Da allora risposi anche quando c'era lei e di questo non si parlò mai tra di noi, né con mio padre che certo capí presto quel che succedeva, mettendo insieme i racconti delle pazienti e gli appunti che gli lasciavo sul tavolo o dettavo alla sua segretaria dello studio.

Solo quando c'era Lucilla mi tenevo lontano dal telefono. La adoravo eppure sapevo che non c'era promessa o giuramento capace di arginare il suo bisogno di esistere comunicando tutto a tutti. Un giorno smisi, ma avevo scoperto un modo per esserci, un'esistenza possibile. La bellezza vuole essere visibile. Per me era una grazia l'invisibilità.

Quindici

L'adolescenza sorprese a tradimento la mia vita e la schiantò con la furia indifferente e sciatta di un uragano senza che nessuno se ne accorgesse. Avevo già perso Lucilla allora, o almeno lo credevo, e anche la maestra Albertina, che aveva lasciato il posto a una schiera di professori cinerini dalla voce secca come un frustino, che chiamavano gli studenti per cognome confondendoli come i pedoni degli scacchi e come i pedoni li spostavano qua e là per la classe ogni volta che nasceva un brusio ritenuto sedizioso. Dovevo attraversare un pezzetto di città per arrivare in contrà Riale: lasciavo il Retrone alle mie spalle e in piazza Matteotti passavo davanti alle colonne candide di Palazzo Chiericati, poi risalivo corso Palladio fino alla severa contrà Porti con gli edifici piú preziosi della città, e infine scendevo lungo contrà Riale, verso la scuola «buona» di Vicenza. Un palazzo grigio e senza grazia. Nel grande portone ormai scrostato si apriva solo una porta minuscola, che i bambini attraversavano in fila indiana per entrare in un ingresso scuro e male illuminato. Niente era a norma là dentro, e nemmeno semplicemente normale. Le scale si arrotolavano per tre piani con gradini alti di marmo lucidato e sdrucciolevole consumato da generazioni di passaggi. Ogni anno, puntuale come la pioggia d'autunno, qualche ragazzo cadeva spaccandosi un braccio, una rotula, in un caso anche una vertebra. Le stanze erano troppo alte, non c'era impianto capace di riscaldarne i pavimenti in pietra, da cui saliva un freddo cattivo che paralizzava fino alle ginocchia.

Maddalena aveva un'avversione senza motivi chiari per quella scuola, ma non aveva contraddetto la volontà della zia Erminia, e di sicuro non per paura di lei ma per soggezione verso un ideale di cultura che, da persona poco istruita, sentiva alto e sacro e al quale si poteva ben sacrificare anche il desiderio di un ambiente piú moderno e meglio frequentato.

– Vergine santissima di Monte Berico cosa ti è successo?

Non c'è scampo con Maddalena, lei sa ascoltare l'esitazione nuova con cui apro il portone, il tonfo piú pesante della cartella su una delle poltroncine d'ingresso, il passo asimmetrico con cui salgo le scale, appoggiandomi sul piede destro come a un bastone, la mano che oggi striscia la balaustra e non trova l'energia per staccarsi.

Ma non ci sono parole per raccontare tutto, non a quell'età. Qualche volta le si impara piú tardi, quando hanno perso odore, colore, e soprattutto dolore.

«La cruna dell'ago» chiamavo quel pertugio stretto che ogni mattina mi ingoiava nel suo nero per vomitarmi digerita alla fine delle lezioni.

Fino all'ultimo giorno oltrepassai la porta della scuola esattamente come il cammello del vangelo, contratta nello sforzo di rimpiccolire, assottigliare, scomparire. Non conoscevo l'arte di ribellarmi e camminavo nel buio dell'atrio sapendo ciò che mi aspettava senza che questo potesse alleggerirne il terrore. Non si può giocare d'anticipo contro l'offesa che inchioda insieme il corpo e lo spirito, lo spirito attraverso il corpo.

Cominciava la bidella Albina. Stava seduta su un trespolone di legno all'inizio delle scale per raccomandare ai ragazzi di salire piano, che si scivola sui gradini, e ci si rompe l'*ossodelcollo*. Era tacitamente esonerata da ogni tipo di lavoro per eccesso di grassezza. Il trespolone su cui si poggiava come i monaci medievali sulle misericordie dei cori, era senza schienale e braccioli, per permettere ai suoi fianchi di strabordare sui tre lati ricadendo in una inverosimile colata molle tutt'intorno, resa ancora piú mostruosa dal grembiule nero enorme che la copriva.

Quando le passavo davanti evitava con cura di guardarmi e mai mi parlava, ma dopo che avevo salito i primi gradini si faceva un segno di croce furtivo, un suo rituale pagano con cui esorcizzava quel male che sicuramente doveva emanare da una creatura sgraziata e mostruosa come me.

Io facevo in tempo a vedere con l'angolo dell'occhio la mano che si alzava in un movimento rapido pronto a trasformarsi in gesto di fastidio per un qualche insetto inesistente se rallentavo dando l'impressione di potermi girare. Ma non mi giravo mai.

Poi c'erano i compagni. Capisco oggi che deve essere un ricordo inattendibile, perché tre anni di scuola sono molto lunghi per un cosí lungo esercizio di sadismo, ma non saprei riferire un'espressione cordiale, o educata, o anche solo neutra che un mio compagno di classe mi abbia rivolto. Dovevo essere per tutti loro un buco nero nella continuità dello spazio dell'aula.

Eppure mi vedevano eccome, perché il primo giorno di scuola avevo trovato i posti già assegnati e il cartoncino bianco con il mio nome era appoggiato sul banco centrale della prima fila, davanti alla cattedra, e quello rimase per sempre, unico pedone fisso, murato, inamovibile per tre anni.

«La *stria*. La *salbega*. La *xe on rabobo*». I pochi compagni che possono attingere al dialetto dei nonni campagnoli

portano espressioni che non si sono sentite spesso sotto i soffitti nobili dell'antica scuola di contrà Riale.
«Putrido strutto peloso». C'è chi gioca con le assonanze colte.
«*Homuncula, foetidissima*». Chi con il latino orecchiato dai fratelli piú grandi.

Le parole mi arrivavano sibilate come spilli o gridate come lance che mi infilzavano le spalle. Riconoscevo le voci: come i ciechi, mi orientavo attraverso i suoni in quell'universo che brulicava di vita infida dietro di me e piú del dio Giano sapevo passato e futuro di tutti perché sentivo anche i sussurri destinati all'amica del cuore, o i sospiri rivolti appena a se stessi.

Nessuno prese il posto della maestra Albertina nel far sí che il mondo in cui passavo metà delle mie giornate conservasse una forma d'ordine. Tutto poteva essere detto, tutto poteva accadere, e accadde.

«Chi sa dove si trova il Pamir? Qualcuno ricorda la data della battaglia di Hastings? Il nome dell'ultimo re cattolico che governò l'Inghilterra? Il simbolo del carbonio? Cos'è il Badminton Game? Quanti chilometri di coste ha l'Italia? La Sicilia? Il Veneto? Quando è nata la Repubblica di Venezia?»

A scuola ero brava per disperazione, per mettere confini al caos, contrastare la deriva, la caduta, ancoraggio estremo, se so non mi capita niente, niente se ogni pezzetto di scienza e sapere sta al suo posto, ha un nome e cognome.

Non mi interessava davvero, non mi esibivo, rispondevo per necessità, per chiudere i buchi in cui sarei potuta cadere. E per sentire, attraverso la mia voce, che esistevo.

Per le stesse ragioni ai compagni di classe le mie parole facevano gonfiare il fastidio nei miei riguardi.

In generale non erano particolarmente dotati per la scuola. Forse le ragazze erano diligenti, almeno lo davano a intendere, e se in classe non sapevano, recitavano con grazia di aver studiato tanto ma di non aver proprio proprio capito. I professori stavano al gioco e raccomandavano di riprovare perché davvero era un paragrafo facile facile. I maschi non studiavano e basta ed esibivano la sfida. Ma come le ragazze erano tutti figli di qualcuno e la piaggeria verso padri, madri, zii e nonni assumeva di volta in volta l'aspetto dell'indulgenza, della bonarietà, del paternalismo, addirittura della paura nei professori piú deboli.

Questo spiega perché nessuno abbia voluto vedere o sentire nulla di quanto accadde.

Forse qualche compagna avrebbe desiderato oltrepassare il cono d'ombra nel quale mi muovevo. Qualche volta intercettavo uno sguardo che mi riconosceva come un essere umano, un sorriso di apprensione confusa e incerta, le parlo, cosa le dico, cosa diranno gli altri, no non le parlo. E del resto io non incoraggiavo in nessun modo un avvicinamento. Non per scelta. Per incapacità.

Anch'io ero figlia di qualcuno ma mio padre non aveva l'arte di distribuire favori con quell'oculatezza che in provincia permette di essere e restare dentro il mondo che conta e fa da scudo alle offese. Era generoso di una generosità straboccante e smemorata, che gli impediva di tenere il conto del chi e quanto e lo metteva al riparo addirittura dall'imbarazzo della gratitudine.

– È dalla figlia della giornalaia di piazza Matteotti che ha avuto una crisi alle sette. Capace di tornare stanotte. Si consuma come un covone di stoppie secche dimenticate sui campi in agosto.

Zia Erminia si siede furiosa davanti alla mousse di asparagi preparata per la cena del loro compleanno e tamburella rumorosamente con le dita sul tavolo.

– È malata, – dice Maddalena mentre serve i crostini. – Ha un tumore all'ultimo stadio, povera figlia. La cura da quando gliel'ha scoperto nel petto. Adesso è passato alle ossa e in un sospiro ci saranno tre orfani se la Madonna di Monte Berico non guarda giú in fretta –. E si asciuga le lacrime.

– La città è piena di tragedie, – ribatte furiosa zia Erminia lasciando cadere la mano aperta sul tavolo. – Mio fratello deve farsi carico di tutte?

Ma non è cattiveria, è qualcosa che Maddalena chiama «le mattane di Madama Erminia». Lampi d'estate, esubero di energia, non c'è temporale dopo. È il suo bisogno di perfezione e l'impotenza per un mondo che non vi corrisponde, permettendo il male, che fa mancare il fratello gemello al loro compleanno. È anche un tipo di egocentrismo trasparente e solido come il carbonio dei diamanti, talmente puro da accecare la capacità di giudizio di chi le sta intorno. Chi si consumava per farle un favore per quanto capriccioso, aveva sempre l'impressione di riceverlo da lei.

Mio padre si muoveva in città libero dai fili del pettegolezzo e benché conoscesse tanto di tutti, perché le sue pazienti gli affidavano il corpo e le pene come a un confessore, l'idea di coltivare una gerarchia nelle sue relazioni era qualcosa che non lo sfiorava.

Per questo il suo nome non mi ha protetto e, dopo, non ha permesso che mi fosse resa giustizia.

Sedici

Al pomeriggio correvo al conservatorio, a due passi da casa, al ponte degli Angeli. Anche il conservatorio aveva una scala, ma era un largo scalone d'onore, di marmo lucidato, dove veniva voglia di danzare sulle note che scendevano in modo confuso e dissonante dai tre piani di aule da musica. Io non lo sentivo allora il desiderio, ma so che lo provavo perché adesso, ogni volta che salgo quelle scale, e sdipano la furia felice di suoni che vengono dalle aule, riconoscendo il Boccherini di chi studia violoncello o il Vivaldi dello studente di flauto, o il Clementi dei primi anni di pianoforte, alleggerisco il passo e sento qualcosa di lontanissimo, una carezza d'infanzia, innocente e tremenda.

– La mia giovane allieva ha qualcosa di suo da proporre oggi?

Sempre il maestro De Lellis, che mi aveva voluto fra i suoi allievi, mi accoglieva cosí.

Dovevo a lui il mio ingresso al conservatorio l'autunno precedente. Per quello la zia Erminia piangeva quando era uscita dalla sala delle audizioni. Per l'umiliazione che il suo parere, la sua lotta furiosa, come disse quando me lo raccontò tempo dopo, non fosse bastata.

– Il maestro De Lellis si è alzato mentre tutti urlavano contro tutti e nessuno ascoltava me, nessuno, come se non esistessi, nessuno. Ha aspettato il silenzio e poi ha detto che probabilmente, a meno che il Dio buono dei cristiani non desse improvvisamente prova di esistenza in vita, non saresti diventata una concertista, e purtroppo nemmeno un'insegnante, visto che il mondo *si compiace*, cosí ha detto, di celebrare solo l'apparire, l'effimero, la buccia, la disgustosa belletta del comune decoro, ha detto proprio queste parole, sembravano venire dirette dirette da un predicatore vittoriano del secolo scorso. Ma che nelle mani possiedi l'arte della creazione, il dono di chiamare in vita attraverso la musica quella bellezza che ti era stata negata. Che noi non potevamo fare altro che accoglierla e coltivarla ringraziando le circostanze e Dio, per chi era interessato, di avere questa opportunità. Che non sapeva come, ma ci doveva essere un modo in cui questo dono avrebbe migliorato l'umanità.

Ovviamente non componevo con la stessa velocità con cui imparavo i pezzi che il maestro De Lellis mi assegnava, ma quando avevo qualcosa da proporgli la lezione guadagnava l'ebbrezza di una corsa in mezzo alla nebbia d'autunno. Provavo il piacere rischioso di lasciarmi andare, vivevo un'eccitazione che di solito i bambini vivono nel gioco, la paura di osare eppure il bisogno di farlo, ascoltare, controbattere, litigare. La grazia di dimenticare le mie forme crudeli. Il maestro De Lellis mi dava spazio, mi correggeva e io gli ero grata. Non c'era offesa, non si trattava di me, era per la musica, per quel pezzo che alla fine usciva nuovo, simile a niente che già esistesse, creato, o generato, da me.

– Lei capisce che sarebbe... imbarazzante, sul palcoscenico, cosí, fra tutti gli altri. Imbarazzante per lei, soprattutto. E anche per il conservatorio e gli altri ragazzi e i... genitori. Ma soprattutto per lei –. Non so chi ci sia dietro la porta dell'aula e non sento la risposta del maestro De Lellis, che parla a bassa voce come sempre.

SEDICI

Torno indietro senza farmi sentire e scendo lo scalone lentamente. Aspetto nell'atrio guardando gli avvisi dei concerti poi torno su.
– Non faccio il saggio di fine anno, – dico spalancando la porta.
– Capisco, sarebbe obbligatorio ma si può percorrere qualche ipotesi... – risponde il maestro sorridendo.
– Nessuna ipotesi. Non lo faccio.
Avevo imparato il mio posto. A scuola al mattino non potevo scappare, stavo seduta come una statua nata dall'imperizia di un artista maldestro e speravo di confondermi con i banchi feriti di strisci, le sedie scheggiate, la palladiana logora del pavimento, le pareti appiccicose di vecchio nastro adesivo giallo. Al conservatorio non ricevevo offese, ma anche perché non allargavo lo spazio assegnato alla mia presenza, che era l'aula del maestro De Lellis.

Non sapevo niente di lui: dal momento che nessuno mi parlava non mi arrivavano pettegolezzi e confidenze. Anche in questo mi mancava Lucilla.
– Non è sposato. Vive qua vicino, per questo viene a piedi da noi e anche al conservatorio. In viale Dante, in una villa lungo la strada che si fa con la macchina per andare a Monte Berico. Sua madre è una vecchia signora un po' tocca. Ormai deve essere secca come legna da ardere. I nonni erano una famiglia bene della città. Notai. Il nonno è morto il giorno dopo aver seppellito la moglie –. Scappa una lacrima a Maddalena a cui alla fine ho chiesto sue notizie.
– Come è morto?
– Si è... suicidato. Per amore. Per amore di sua moglie. Molto romantico hanno detto. E siccome era lui, lo hanno anche benedetto prima di portarlo al cimitero. In chiesa no, perché era peccato troppo grave all'epoca, ma il prete

lo ha portato in cimitero e lo hanno messo nella tomba di famiglia. Lo ha trovato sua figlia, la vecchia signora. Che poi non è andata al funerale. Non correva buon sangue. La Madonna la perdoni. Ma aveva le sue ragioni –. Si asciuga le lacrime che gocciolano sulla biancheria stirata.
– Quali ragioni?
– Eh! Per i signori vale piú il buon nome della vita. E con questo ho detto anche troppo.
– E tu hai perdonato la Madonna? – chiedo.
– Cosa dici?
– Per aver fatto morire i tuoi figli, e anche tuo marito.
Dopo le ore di scuola del mattino, il mio controllo si allenta. Accumulo un credito che estingue per qualche ora il debito con cui sono nata a causa della mia terrificante bruttezza.
– Non dire cose tremende, Vergine Santa. Non li ha fatti morire. Sono morti e basta. La vita è mistero. È in contrà Riale che ti insegnano a bestemmiare?
Non sapeva di essere cosí vicina alla verità.
Quel primo inverno di scuola media, dopo pranzo, quando il freddo tratteneva in casa i vecchi per il loro riposo, se non avevo il conservatorio, uscivo, ben chiusa nel cappotto blu, col cappello e la sciarpa blu a ripararmi dagli sguardi degli automobilisti. Percorrendo via Giuriolo e un pezzo di viale Regina Margherita, salivo le scalette di Monte Berico per poi scendere verso viale Dante fino alla casa del maestro De Lellis. Avrei potuto arrivarci da sotto, prendendo la strada dal suo inizio, avrei fatto meno fatica. Preferivo le scalette che mi ricordavano le corse serali con zia Erminia. Avevo mantenuto l'abitudine di correre salendo, per il piacere dello sfinimento che mi svuotava dei pensieri del mattino. Non mi fermavo davanti al cancello chiuso, pas-

savo veloce fino a due case piú giú lanciando solo uno sguardo, poi attraversavo la strada e risalivo dall'altro lato e quando passavo di nuovo davanti al cancello guardavo ancora un attimo oltre le sbarre. Allo spiazzo del Cristo, dove la fila di portici che guida i pellegrini della domenica verso la Basilica svolta verso destra, mi sedevo qualche minuto sulla panchina davanti al Monastero delle Carmelitane e poi scendevo verso casa, sempre di corsa. Un piccolo rito, dopo il quale iniziavo a suonare, ascoltare musica e fare i compiti.

In questo modo mi ero costruita un'idea precisa della casa del mio maestro. Era una villetta di due piani bianca e ben tenuta. Non c'erano balconi come nelle altre dei vicini, ma grandi finestre protette solo da tende chiare che spesso erano aperte su lampadari di vetro a gocce. Al piano superiore ce n'era uno immenso i cui cristalli brillavano per la luce accesa, e si muovevano come per un vento leggero di cui non sapevo immaginare l'origine. E sempre, tutti i giorni, si sentiva un suono di pianoforte: qualcuno ascoltava senza interruzione pezzi pianistici il pomeriggio. O li suonava. Cosí mi sembrava, a volte.

– Sta male spiare nelle case degli altri, – dice severa Maddalena quando le racconto il risultato delle mie escursioni. Poi però prevale la curiosità:

– E com'è il parco?

Per le dimensioni era un giardino, ma aveva alberi cosí grandi che in effetti veniva in mente il grande Parco Querini che si estende accanto all'ospedale nuovo della città. C'era un cedro il cui tronco principale si apriva in tre bracci tozzi simili a quelli di un candelabro levati altissimi verso il tetto della casa e sopra il cancello. Una volta in quel periodo sognai di dormire nello spazio quasi piano da cui partivano i tronchi, spazio protetto da quella trinità naturale e possente che sembrava offrirmi in dono al cielo. O forse proteggermi dal cielo.

Dietro la casa un albero un po' compresso dallo spazio disponibile allargava i rami laterali leggermente ricadenti fin sopra il tetto e i suoi frutti pendevano tondi e scuri creando un disegno contro l'azzurro. C'era qualche frutto anche per terra, sulla ghiaia del giardino e sulla strada, rotolato dal vento. Una volta davanti al cancello ne raccolsi alcuni che portai a casa.

– Angeli beati del paradiso, è un bagolaro!

La vista dei frutti fa piangere Maddalena piú del solito.

– Il mio povero marito ne aveva piantato uno nella nostra casa ai Ferrovieri quando è nato il nostro primo bambino, che il Cielo lo custodisca insieme ai suoi angeli. Diceva che gli ricordava la sua terra, lui veniva dalla bassa, ma un posto bello, pieno di alberi. Aveva scelto il quartiere dei Ferrovieri perché c'era verde e il fiume allargava gli spazi, diceva. E diceva sempre che i bambini potevano arrampicarsi sul bagolaro, perché è un albero che ha i rami solidi, non come il fico che è traditore e si spacca anche quando è grosso. E poi è un albero santo, lo chiamano anche l'albero dei rosari, perché con questi frutti si fanno i grani del rosario. Se ne trovi una sessantina te ne faccio uno. So come si fa.

Non si vedeva mai nessuno in giardino o dentro la casa, anche se la luce sempre accesa segnalava una qualche presenza.

Una volta fui costretta a fermarmi davanti al cancello. Dalle finestre chiuse veniva un suono di pianoforte che non riconoscevo. Non sapevo immaginarne l'autore né l'interprete. Non era il tocco inconfondibile del mio maestro, brillante e con un'inconsapevole leggera tendenza a disegnare lunghe onde di suoni. Era qualcosa di appena percet-

SEDICI

tibile: pur rispettando ogni segno di espressione presente nello spartito, l'intera sonorità del pezzo si alzava e abbassava come a riprodurre un movimento di culla che evidentemente lui non riconosceva. Il suono che ascoltavo dalla strada invece era sicuro, senza esitazioni, ma disordinato. Si capiva che la durata delle note non era quella che doveva: un po' piú lunghe, o piú brevi. Veniva la tentazione di interromperle e metterle a posto. Ma non era l'insicurezza del principiante. C'era una specie di logica. E poi la musica non finiva. Non c'erano movimenti, o pause. Era uno scorrere a sbalzi irregolari intorno a un tema di fondo preciso anche se mai formulato del tutto. C'era qualcosa che ammaliava perché il suono prometteva nota dopo nota un compimento che non arrivava.

Rimasi a lungo davanti al cancello, con la sciarpa che mi svolazzava intorno per il vento. Ma la musica non finiva.

– Era mia madre al pianoforte, ieri pomeriggio.

Il maestro De Lellis è cortese come sempre mentre parla dandomi le spalle per prendere uno spartito dalla sedia.

Sprofondo in una vergogna che non avevo mai conosciuto davanti a lui.

Dopo settimane di passeggiate e soste sotto la sua casa, era impensabile che non mi avesse notato.

– Sono sempre con lei quando non ho lezione. È malata. Un tempo era concertista –. Sembra scusarsi. – Se le fa piacere può entrare, domani. Potrebbe darmi un giudizio sul pianoforte. Il suo ottimo orecchio potrebbe aiutarci. Ha qualcosa che disturba mia madre, ma né io né l'accordatore sappiamo scoprire cosa.

– E quella musica?
– È una storia che le racconterò.
– E il lampadario che si muove?
– Vedrà.

Diciassette

Ci andai con Maddalena che non volle sentir ragioni.
— Una *putela* giovane non va a trovare da sola un uomo —. L'ansia di dovermi contraddire le riporta parole del suo dialetto.
— Ma c'è la sua mamma.
— E ci starà con la testa? Era già un cervellino balzano da giovane.
— Ma allora la conosci, cosa sai di lei?
— Niente, di troppi saperi sono pieni i cimiteri.

Ci aprí il maestro De Lellis che non fu sorpreso per niente di vedere Maddalena, ma non poté fare propriamente gli onori di casa:
— C'è quaalcuno Aliiberto, qualcuuno c'èèè? Sii aaccomodi! Feelice dellaa visiita, feliice sííí!

Le parole piovevano quiete dal primo piano attraverso uno scalone largo di legno lucido che si avvolgeva con una certa pesantezza su se stesso formando una mezza spirale. Era una voce di musica, dolce, fatta di note oscillate con intervalli di un tono. Cantava invece di parlare, ma non era niente di simile a quello che sentivo dalle allieve del corso di canto al conservatorio. Ora so che era qualcosa di simile alla cantillazione dei monaci. E le parole avevano l'andamento straordinario della musica del giorno prima, con la durata dei suoni

DICIASSETTE

distribuita a spaglio lungo la frase, a seguire una melodia interna tutta propria.
– Arriviamo mamma. Suona se lo desideri, intanto che aspetti.

In quel momento partí una musica del tutto diversa da quella del giorno prima, ma con lo stesso andamento assurdamente anarchico eppure ipnotico.

– I medici pensano che si tratti forse di una forma singolare e anomala di morbo di Pick, – spiega tranquillo il maestro De Lellis. – La definirei una personale versione musicale del morbo. Possiede solo la memoria molto lontana, infanzia e adolescenza, e, per cosí dire, *di lavoro*, a breve termine. Nel suo caso a brevissimo termine.

– Ma la musica è sua? – chiedo.

– Parte con un tema inventato da lei. A volte si riconosce qualcosa dei pezzi famosi che ha suonato in tutta la sua vita. Si guarda le mani e ricorda parte delle note che ha appena suonato ma non la sequenza giusta della durata, per cui fa piccole variazioni sullo stesso tema agganciandosi alle ultime note che ricorda, però variando continuamente la durata. La si potrebbe definire una terzina dantesca applicata alla musica, però a versi liberi.

– Potrebbe leggere gli spartiti, – osservo cercando di capire.

– Non ama piú farlo. Si... avvolge nella sua musica. È la malattia. C'è chi parla senza interruzione. Lei suona. Questa particolarità è, come dire, oggetto di studio. Molti neurologi hanno voluto le registrazioni delle sue musiche. E fa lo stesso con le parole.

– Cava il cuore questa musica, – dice Maddalena asciugandosi gli occhi.

– Non sempre. Dipende dal motivo di partenza. A volte glielo suggerisco io, qualcosa di brillante.

- E non si ferma mai? - chiedo ricordando i pomeriggi passati ad ascoltare.
- Quando glielo dico. O quando rallenta troppo e non ricorda le ultime note. Allora spesso non sa ripartire da sola. Altre volte invece riparte.
Non aveva fretta di salire. La stanza d'ingresso era bellissima. Alle tre grandi finestre che davano sul cortile davanti ne corrispondevano tre sul retro dominato dalla mole del bagolaro che rendeva piuttosto scuro quel lato della casa. Gran parte della stanza era occupata da un divano monumentale rivestito di bianco e da due *bergère* foderate con un tessuto cangiante che riproduceva una trama di rose. Ma la cosa piú sorprendente era data dalle pareti, coperte di fotografie alternate a ritratti, in cui compariva la stessa donna, a volte giovane, a volte piú matura, in alcuni casi già quasi anziana. Sempre al pianoforte, sul palcoscenico, ripresa durante i concerti. Nessuna fotografia di famiglia.
- La sua mamma, - dico.
- Sí. È perché si ricordi com'era, - si scusa il maestro De Lellis. - La malattia le ha... preso la memoria della parte piú bella della sua vita. Nemmeno i suoi successi le sono stati risparmiati. Non è rimasto nulla.
Non c'era alcun ordine: fotografie grandi vicino ad altre minuscole, vicino a ritratti a olio, a carboncino, a matita. Quasi tutte le fotografie erano in bianco e nero e lei, che evidentemente amava vestirsi di bianco, brillava sospesa sullo sfondo nero del pianoforte, della sala da concerto, del palcoscenico. Sembrava illuminata da dentro, bella di quella bellezza che viene quando ci si sente importanti, parte di qualcosa che vale e porta felicità.
- È un angelo, come dicevano tutti -. Oggi Maddalena per asciugarsi le lacrime ha portato un fazzolettino candido di mussola leggerissima di cotone.

DICIASSETTE

– Ai critici piaceva definirla «l'angelo del pianoforte». Dicevano che il suo nome era quello di un angelo: Gabriella De Lellis. D'altronde lei si vestiva sempre e solo di bianco.
– De Lellis, – ripeto senza volere.
– Sí. Non so nulla di mio padre. Quando ero piccolo mi raccontava che avevo due madri, lei e la musica. Piú tardi mi promise di dirmi tutto un giorno. Poi si ammalò. Ma ho la fortuna di non nutrire curiosità.
– La curiosità è sorella del demonio, – sentenzia Maddalena approvando.

Salimmo le scale senza parlare, istintivamente in punta di piedi per non turbare quella pioggia tranquilla di note rinviate da una parete all'altra, da un piano all'altro grazie a un'acustica che sentivo perfetta.

Non alzò gli occhi. Era seduta al pianoforte e si guardava le dita pallide scorrere su e giú sulla tastiera come ragazzine che giocano sulla spiaggia in riva al mare. Le seguiva con l'attenzione di un'istitutrice responsabile dei loro movimenti, compiaciuta e insieme in apprensione, perché nessuna le sfuggisse. Il vestito bianco lungo fino ai piedi ondeggiava per un qualche movimento d'aria e rivelava un corpo pieno, piú materno rispetto alle fotografie del piano terra, piú dolce. Non aveva niente di secco, per una volta Maddalena aveva torto.

– La bambiiina dellaaa casa suuul fiuuume, – canta piano senza staccare gli occhi dalla tastiera.

Il maestro De Lellis si blocca in mezzo alla stanza.

– Allora ti ricordi di lei, di quanto ti ho raccontato...
– Io ricoordo il dooolore delle doonne maadri di dileetti fiigli.
– Lei ha conosciuto mia madre? – chiedo con ansia.
– Troppe domande chiamano cattive risposte, – mi stronca Maddalena improvvisamente. – C'è aria qui dentro...

Maddalena vuole cambiare discorso per paura che io sia indiscreta ma è vero che da qualche parte arriva un giro d'aria che fa rabbrividire anche se abbiamo ancora i cappotti addosso.

La stanza luminosissima era quasi tutta occupata dal pianoforte a coda circondato da tre grandi *ficus benjamina* le cui foglie tremavano un poco, mosse da una pala di legno che scendeva dal soffitto e roteava piano, e che le piante nascondevano quasi completamente. Anche il lampadario di vetro partecipava di quel movimento quieto, che avevo visto dalla strada nelle mie passeggiate pomeridiane.

– Mia madre ha bisogno del respiro del mondo intorno a sé, – spiega piano il maestro De Lellis. – Passeggiava per ore un tempo: Parco Querini in città o Parco di Villa Guiccioli qui sopra la Basilica di Monte Berico.

– Anche ai Ferrovieri lungo il Retrone veniva.

Maddalena non è sicura di voler parlare. Si ferma e la guarda suonare, aspettando un qualche segno di consenso che non viene.

– La prima volta che l'ho vista pioveva. La si vedeva da lontano. Camminava lungo la riva del fiume e il vestito bianco all'inizio le volava intorno. Guardava davanti a sé senza sentire la pioggia che le appesantiva a poco a poco la gonna. Ho avuto l'impressione che lei parlasse con qualcuno: un angelo che parla con i suoi simili.

– Non sapevo. Non pensavo che si spingesse cosí lontano. Del resto è un sintomo tipico della malattia questo andare irrequieto, – dice il maestro.

– Ma non è lontano. Si può prendere il sentiero che scende giú fino a San Giorgio. È un attimo.

– Non mi ha mai portato, non lo conosco...

– Forse era un suo segreto, – conclude Maddalena in tono definitivo.

DICIASSETTE

Mentre suonava, la signora De Lellis seguiva i miei spostamenti nella stanza. Ero abituata a sentire gli occhi degli altri su di me e sapevo distinguere se ciò che animava quegli sguardi era curiosità, ribrezzo, compassione oppure, qualche volta, benevolenza. In quel caso c'era interesse. Non era lo sguardo spento di un'anziana signora svanita: lei mi conosceva, sapeva chi ero o almeno le ricordavo qualcosa di definito, di cui non doveva inseguire faticosamente i frammenti nella deriva della memoria.

Non sentivo niente di strano nel pianoforte; era uno Steinway straordinario, accordato alla perfezione e non mi sforzai proprio di trovarvi un difetto perché quando il maestro De Lellis mi propose di avvicinarmi per vederne la meccanica sua madre si piegò leggermente in avanti come per cercare l'ispirazione e mi sussurrò pianissimo, senza vocali cantate o strascicate:

– Domani suona il campanello. Ti aspetto.

Diciotto

Ero sola in contrà Riale. Ormai non sapevo piú niente di Lucilla. Una mattina nell'estate fra le elementari e la scuola media a colazione avevo trovato Maddalena che singhiozzava con affanno, seduta in modo scomposto al tavolo della cucina.
– Non vedrai Lucilla per un po' –. Maddalena piange col naso tuffato nel fazzoletto grande a pois rosa delle occasioni che richiedono molte lacrime.

Non so cosa pensare perché ho visto Lucilla il giorno prima e la sorpresa fa oscillare il tè mentre appoggio la tazza sul tavolo e mi siedo.
– Perché? Stasera andiamo tutti all'Arena. Anche tu...
– È partita. Ha telefonato la maestra Albertina stamattina alle sei.
– Partita? Alle sei?
– Partita. La Vergine buona di Monte Berico la protegga. La sua mamma è stata arrestata.

Maddalena si tira su e si tiene la testa poggiando i gomiti sul tavolo.
– Arrestata.
– La maestra Albertina dice che ieri sera suo marito, il papà di Lucilla, quello che faceva l'amore con una *putela* di neanche diciotto anni, è tornato e lei lo ha ammazzato.
– Ammazzato. Come?

DICIOTTO

– Buttato dal balcone. Caduto nel fiume.
– Il fiume!
– L'altro fiume, – risponde Maddalena sentendo quel che non avevo detto. – Il Bacchiglione. Legittima difesa, dice la maestra Albertina. Era ubriaco. Ma intanto l'hanno arrestata. È sempre colpa delle donne qui.
– Qui?
– Qui, la santa-cattolica-apostolica-pettegola città dei preti e delle monache. Lo sai che in proporzione ne abbiamo piú che a Roma? Un giorno la Vergine guarda giú e ci incenerisce tale e quale Sodoma e Gomorra. Le vetrine e i palazzi luccicano come le squame dei coccodrilli ma questa città ha l'anima nera come le acque del Retrone che si sono mangiate la tua mamma, povera signora giovane e infelice.
– E Lucilla?
– La maestra Albertina l'ha mandata via per tirarla fuori dalla bufera. Troppe chiacchiere.
– Dove?
– Mah!
– Per quanto tempo?
– Chissà.
– E la scuola? Non verrà alle medie con me?
– Ho paura che per settembre le acque non saranno ancora quiete.
– E io?

Diciannove

– Dal maestro De Lellis? E perché mai? Ti partecipa la sua arte due volte la settimana a lezione...
Mio padre non fu contento di quella prima visita a casa del maestro. Da qualche mese era piú attento del solito alla mia vita. Intuivo che anche a lui la scuola media faceva paura. Cercava di capire cosa rappresentasse la mancanza di Lucilla per me e forse anche per lui. Lucilla gli garantiva di venire a sapere tutto, assolutamente tutto quello che mi capitava. Quando si fermava a cena da noi, parlava con la stessa furia che dedicava al cibo. Con l'innocenza un po' attonita di un putto del Tiepolo alternava senza filtro alcuno ciò che si può dire, ciò che è meglio non dire e ciò che non si deve proprio dire, e nessuno trovava sconveniente quel parlare senza convenzioni.
«Morbo di Pick» legge Maddalena da un foglietto dove ha trascritto il nome dopo essere tornata dalla visita.
– È pericoloso?
– Non per gli altri –. Piú che alle parole, mio padre risponde alla paura di Maddalena. – Se esce si perde, non ricorda la strada e forse nemmeno il proprio nome. C'è chi è stato trovato a decine di chilometri da casa.
– La vecchia signora ha dentro qualcosa di piú spaventoso della giovane signora –. Maddalena guarda papà che aspetta il resto. – La giovane signora, la Madonna l'ha si-

curamente accanto, sapeva e vedeva tutto, neanche una parola le scappava, io lo so. Era solo triste, ecco, la tristezza le aveva tarlato tutta l'anima senza che se ne accorgesse neanche lei, povero dottore. Come certi mobili che hanno pochi buchi fuori, ma i tarli li hanno divorati dentro e se li tocchi si sbriciolano, basta un niente. È cosí che succede. In verità alla sua signora si è sbriciolata l'anima sul poggiolo quella sera, e lei è caduta, solo caduta. Invece la vecchia signora De Lellis ha la mente ritirata come quella di una chiocciola nel guscio. E non si sa cosa c'è dentro.

– E nella mente della mia signora cosa c'era?

– Tutto. Sapeva tutto e la sua testa era piena di paura. Non si può sapere tutto e vivere.

– Comunque non è necessario tornare dalla signora De Lellis, – conclude mio padre.

Venti

Ci tornai il giorno dopo come lei mi aveva chiesto. Il lampadario tremolava ma non c'erano luci accese. Appena suonai qualcuno aprí il cancello. Salii i tre gradini che portavano all'ingresso. Lei era lí, appena arretrata rispetto alla porta. Ne vedevo il bianco del vestito dietro i vetri opachi. O stava già in attesa, pensai, oppure era straordinariamente piú agile di quel che dava a intendere. Alla fine un po' di paura mi fece esitare, cosí aprí lei.

– Ecco Rebecca, colei che irretisce gli uomini! – dice sorridendo.

Non capisco. Le parole scandite ad alta voce, con un ritmo perfetto, mi spaventano come il prodotto di un sortilegio che non conosco. E neanche il loro senso mi è chiaro.

– Rebecca è un nome ebraico, viene dalla Bibbia. Era la moglie di Isacco, giovane e bellissima. Significa «donna che piace agli uomini». Questo dice il tuo nome.

Io non so cosa rispondere e mi fa male all'improvviso il pensiero di avere un nome che porta dentro il dolore di mia madre.

– Lo ha scelto tua madre? – chiede come affacciata sui miei sentimenti.

– Non lo so –. È vero che non so niente del mio nome. Zia Erminia non mi ha raccontato. Ma forse la signora De Lellis sa qualcosa, penso.

VENTI

– Sst! A suo tempo. A suo tempo. Le cose sono spesso diverse da quello che sembrano.

Parlando mi aveva preceduto sulle scale. Si muoveva con sicurezza nonostante l'età e nemmeno il fatto di essere certo piú pesante di come la ritraevano le fotografie e i dipinti del piano terra poteva impedirle di camminare come danzando, sospesa appena un poco sopra il pavimento.

– Non sono vecchia come pensi, – dice girandosi divertita. – Lo credi perché tu sei tanto giovane e anche perché Maddalena mi chiama la vecchia signora, come tutti in città. E non chiedermi come lo so. Il mondo è pieno di gente che vuole sapere tutto, assolutamente tutto. Le mogli vogliono conoscere i tradimenti dei mariti. E poi stanno meglio? Assolutamente no. I fidanzati indagano gli amori che li hanno preceduti. Che volgarità! Come se non si rinascesse ogni giorno, ogni momento. È questo che ci differenzia dagli animali, poter cambiare sempre. Se c'è una cosa giusta in quello che il vangelo dice, è che c'è una vita nuova dietro ogni angolo. Non è mai finita. Mai, ricordalo.

Si siede sull'ultimo gradino facendo allargare il vestito intorno a sé.

– In effetti mi stanco a salire le scale. Se potessi uscire come una volta! Non mi lasciano, capisci? C'è questa cosa del morbo di Pick. Dicono che mi perderei. Figuriamoci. Conosco la città come il mio pianoforte. E tu spogliati, togli il cappotto, qui fa caldo perché non mi piacciono i vestiti pesanti. Fa proprio caldo oggi.

La aiutai ad alzarsi. Aveva le mani morbide come quelle di suo figlio e il contatto mi lasciò un profumo di lavanda e vaniglia sulle dita.

Mi sorrise ancora con aria d'intesa e iniziò a suonare un preludio di Chopin. Finito il primo, fece una breve pausa e iniziò il secondo, poi il terzo. Sapevo già riconoscere

la grandezza: lei era ancora una concertista straordinaria, avrebbe potuto ancora esibirsi in tutto il mondo se avesse voluto. Oppure insegnare.
Mi inserisco nella pausa successiva:
– È sempre lei che suona il pomeriggio. Non sono dischi. Lei a volte suona normalmente e altre invece... no.
– Ah-ah! Capito. Cerco di essere regolare tra un pezzo e l'altro, cosí chi mi sente dalla strada pensa a un disco. Quando c'è Aliberto no.
– Ma perché?
– Suona tu adesso!
Si alzò per lasciarmi il posto. Profumo di talco.
– Mi piace mescolare i profumi, – mi dice sprofondando nella poltrona a fianco del pianoforte.
– Legge i pensieri?
– Anch'io sento gli odori.

Ventuno

Cosí quando accadde non c'era qualcuno a cui rivolgersi. Per ironia era la stanza della musica. Si apriva isolata sul pianerottolo del primo piano, e sul legno vecchio che nessuno lucidava un'etichetta in corsivo inglese scritta in inchiostro di china scolorito indicava «Aula di musica». Era usata poco, per quello fu scelta. La prima cosa che si notava entrando era la presenza di un gruppo di leggii sottili pieghevoli. Quel giorno li contai ed erano venticinque. Stavano allineati a semicerchio sulla sinistra della stanza, precari sulle loro zampette esili di metallo. Ragni mutilati, pensai. Si potevano ripiegare per portarli con sé a un concerto, ma non esisteva un gruppo musicale in quella scuola, e forse non c'era mai stato. Probabilmente un insegnante velleitario li aveva fatti acquistare, appena prima di essere cacciato via. A destra in un angolo un vecchio armonium stava appoggiato su un tavolino di pregio chissà come rimasto alla scuola. Era un tavolo liberty dal ripiano a specchio, con le gambe bombate che si assottigliavano con un vezzo un po' canino verso il basso. Ne conoscevo bene lo stile perché era quello del tavolino da toilette che mia madre aveva in camera. C'era, assurdamente, la cattedra in quell'aula, con una seggiola di legno per il professore, seggiola con i braccioli. Sopra la cattedra c'era un cesto con sei coppie di maracas colorate, quelle adatte ai bambini piccoli, con disegnini dipinti a smalto. In una coppia erano raffigurate due tozze figure di danzatori latinoamericani vestiti di rosso su sfondo giallo. Portavano grandi sombrero marrone. La loro pancia cadeva sulla parte piú larga delle maracas per cui sembravano obesi. Le altre erano verde brillante con quadrifogli rossi, blu, viola, arancione. Giochi dismessi piú che strumenti.

«Alla ricreazione gli studenti si ritrovano in aula di musica per comunicazioni».

L'avviso sulla lavagna è del capoclasse, conosco la calligrafia appuntita.

Nell'aula di musica ero entrata poche volte nei tre anni di scuola media. Ancora una settimana, e non sarei entrata piú. Se mi fossi ammalata in quei giorni di fine anno scolastico, nessuno avrebbe piú avuto la possibilità di attirarmi lí dentro. Non c'è disegno, la vita capita per caso, per caso è buona, decente, brutta, innominabile. Ci si salva per una chiave che avrebbe potuto non essere nella serratura quel giorno. Ci si rovina perché la bidella Albina l'ha lasciata lí per sbaglio, per indolenza, per sciatteria, per troppa grassezza. L'idea venne quella mattina, vedendo la chiave su. Un'idea senza storia d'inizio.

Ventidue

– Se io fossi stata in classe con te non sarebbe accaduto as-so-lu-ta-men-te.

Lucilla è pallida e inverosimilmente assottigliata dalla storia. È comparsa all'improvviso un giorno alla mia porta, dopo che tutto era accaduto, ed ora è qui, con piú di dieci anni di ritardo sul nostro appuntamento per l'Arena. È seduta sul bracciolo della poltroncina che sta tra il pianoforte e la stufa di maiolica, una bella ragazza vestita con un tailleur verde acido cosí pieno di personalità che riesce a non stonare con i blu e gli azzurri della stanza. Ha le mani abbandonate ai lati della poltroncina e ascolta quello che le dico mentre il vento ormai fresco quasi autunnale fa volare le tende un po' dentro e un po' fuori dalle finestre. Ascolta e aspetta, perché parlo e suono. Piú suono che parlo.

Lei era infallibile nel sapere tutto prima ancora che le persone finissero di pensare le cose. Curiosa, impicciona, pettegola, sana, bella, tonda Lucilla. Niente mi sarebbe accaduto se lei fosse stata con me, lo so.

Ventitre

– Chiudi la porta, mostro.
C'erano anche trenta seggiole brutte di formica verde nell'aula di musica. Dismesse anche loro dalle altre aule della scuola. Si contavano in fretta, a file di cinque, in mezzo alla stanza. Nell'armadio a vetrina addossato alla parete destra, su quattro scaffali opachi, in disordine, stavano tre metronomi, un clarinetto, tre flauti traversi ossidati, sette flauti dolci di plastica bianca e marrone, senza valore. Ne vedevo i fori neri all'altezza dei miei occhi, sul penultimo scaffale.
– Chiudi la porta, mostro peloso.
Sull'ultimo scaffale dell'armadietto, in basso, c'era uno xilofono di legno nero dipinto, scrostato nei punti di battuta.
Non ci sono tutti, qualcuno non ha avuto coraggio. O forse ha avuto pietà. Conto diciassette ombre. Ne mancano tre.
Un raggio di luce entra dalla finestra alta sopra la porta e muore sul vetro polveroso dell'armadio. C'è l'impronta di cinque dita a sinistra sopra la serratura dell'armadio. Un ragazzo ha provato ad aprire e ha appoggiato la mano sinistra sul vetro.
– Ho le mani belle, – penso e le cerco con gli occhi ma non posso vederle, sono dietro la testa dove mi hanno detto di metterle.

VENTITRE

Ci sono giorni che nascono sotto il segno di una promessa ma questo non vuol dire proprio niente. Quella mattina c'era il sole e avevo spalancato le finestre del salone prima di andare a scuola, per far entrare il caldo di giugno e asciugare l'umidità del fiume nero.

Non ho tesi su Dio, non so se esiste oppure no. Né se sia buono o invece onnipotente. Di sicuro se c'è in alcuni momenti è disperatamente distratto.

Ventiquattro

– Sai di frittelle, – mi dice la signora De Lellis aprendo la porta un pomeriggio di febbraio.
– Le ha portate zia Erminia a pranzo, – rispondo.
– Uh! Madame Erminia!
– La conosce?
– Tuutti la conoscono in città.
– Come può saperlo?
– Fino a due anni fa uscivo, camminavo. Tutti i giorni su su, al piazzale di Monte Berico, fino al parco, o giú verso il Retrone. Ma adesso suona.
Si sedeva dietro di me dopo aver aperto uno spartito sul leggio.
– Non mi serve, – dico come ogni volta.
E come ogni volta lei risponde: – Sí invece. Cosa ti insegna mio figlio? E poi mi piace girare le pagine, hanno un buon odore.
Suonavo mentre la sua voce tranquilla non smetteva di parlare. Suggeriva un rallentato, un modo diverso di attaccare un trillo, mi faceva ripetere un finale, passava in rassegna i modi in cui i concertisti avevano affrontato un *presto*. Mi stupivo che si potesse essere adulti e parlare tanto. Lucilla mi aveva abituato ad abitare nei suoi sciami di parole, ma la pensavo una caratteristica singolare tutta sua, di bambina incontinente in tutto. A casa si parlava

per informare, comunicare e decidere. A tavola era facile anche d'inverno sentire le gallinelle d'acqua scivolare sul Retrone mentre setacciavano le alghe di superficie. I silenzi di mia madre avevano saturato la casa e il fiume in cui era scivolata e anche le nostre vite. Parlare era faticoso, si doveva vincere la resistenza dell'aria e anche dell'anima.
– Bambina del fiume non pensare dolori. Questo è un valzer. Danza di feste che propiziavano amori e matrimoni. Il tuo cuore deve seguire la musica, non il contrario.
– Ma allora lei legge davvero i pensieri.
– No. Però ho sentito odore di alghe.

Venticinque

La signora vestita di bianco fu d'un tratto parte della mia vita. La scuola, i pranzi e lo studio erano solo l'intervallo fra una visita e l'altra. Andavo tre volte alla settimana, nei pomeriggi in cui il maestro De Lellis era al conservatorio. Suonavo e la ascoltavo. Sostituí in un colpo solo Lucilla, zia Erminia e anche mia madre. Il puntino nero in fondo alla coda dell'occhio diventò la nuvola bianca dei suoi vestiti leggeri adatti a un'estate perenne.

Mio padre non lo sapeva, nemmeno zia Erminia, che spesso tornava solo la sera. Maddalena sí ma teneva il segreto sia pure con apprensione.

– Cosa fai tutto il pomeriggio con la vecchia signora? È svampita e suona male ormai, povera donna. Ti fa almeno il tè? E il maestro De Lellis? C'è anche lui?

– Non è cosí vecchia. Suona bene qualche volta. Le parlo della scuola e di musica. E poi suono anch'io. Il maestro è al conservatorio nei giorni in cui vado io. E di cosa hai paura Maddalena?

– Non si sa mai cosa ha in testa la gente, – risponde brusca.

In verità parlava sempre la signora De Lellis. Mi raccontò una a una le fotografie alle pareti. Quella del concorso Busoni, che lei aveva vinto a diciotto anni, e che le aveva «offerto il giro del mondo sopra uno spartito». Milano, Vienna, Berlino, Parigi. E poi New York. A fianco c'erano le fotografie di tutti i concerti di quell'anno. Lei raggiante alla sinistra del pianoforte con le mani aperte davanti a sé, come a salutare ma anche a difendersi. Il vestito era sempre uguale, di tulle bianco stretto in vita, con la gonna che si allargava intorno ai piedi minuti, come quelli delle fate.

– I miei cercavano di farmelo cambiare, perché sui giornali sembrava sempre lo stesso concerto. Ma io dicevo che mi portava fortuna e non volevo assolutamente, – dice la signora De Lellis accarezzandolo sulle fotografie.

A New York il vestito era diverso, di raso bianco: le scivolava morbido disegnandole i fianchi. Anche le mani cambiavano posizione e si raccoglievano davanti al petto come in preghiera.

– Qui ho dovuto cambiare vestito, – dice divertita.
– Ero già incinta e non riuscivo piú a chiudere l'altro. I miei lo capirono tardi per fortuna. Altrimenti chissà cosa mi avrebbero costretto a fare! Ero minorenne all'epoca. Fu uno scandalo. Uh! Che scandalo. Una carriera finita, dicevano tutti. Una promessa rubata. Ne parlò tutta la città, e la provincia e anche i giornali nazionali. E volevano sapere del padre del bambino. Per costringerlo ai suoi doveri, dicevano. Doveri! Che linguaggio impiegatizio per parlare dell'amore e della vita. In realtà volevano sapere chi era per mandarlo in galera. All'epoca era un reato sedurre, cosí si diceva, una minorenne. A meno che non fosse ricco: allora, se sposava la fanciulla l'onore era mezzo salvo. L'onore. Mia madre non uscí piú di casa per la vergogna, e ci rinchiuse anche me.

– Come la mia, – interrompo io.
– Non ancora, cara. Non ancora. C'è tempo. Si tratta

di capire se la verità fa bene oppure fa male. Non è cosí necessaria come dicono i preti, sai.
Ma le piaceva raccontare. Venni a sapere che sua madre era morta non «di crepacuore», come avevano detto tutti, ma di alcolismo. Forse la vergogna per la gravidanza della figlia lo aveva aggravato, ma beveva da tanto, almeno da quando si era sposata «bene», diventando signora di quella villa antica che dominava la città dall'alto, come la dominavano i suoi proprietari, notai da generazioni, custodi interessati degli odi che sgretolavano patrimoni e famiglie. E anche il padre era morto per la stessa ragione. Non si era suicidato per amore, ma era caduto ubriaco addosso alla vetrina del salone. Lo aveva trovato lei già morto, dissanguato, ai piedi delle scale. Caduto mentre cercava aiuto. Non si poteva certo dire una cosa tanto sconveniente. Il suicidio per amore l'aveva inventato lei. La giovane romantica pianista appena diventata mamma. Improvvisamente orfana, e ricca e libera. Di uscire, di suonare e di creare una leggenda che in città le valeva la gogna, ma che all'estero regalò una chiave tragica ai suoi concerti. «L'angelo triste» della tastiera. Il bisogno di storie dolorose rovesciò presto l'ordine degli eventi e la pianista dal tocco malinconico, orfana e *poi* sedotta e abbandonata conquistò il piccolo cuore provinciale della città e la vergogna fu dimenticata.

– A New York dove tornai due anni dopo proposi un programma brillante su Mozart e anche allora i giornali scrissero che la mia interpretazione rivelava all'orecchio sensibile i dolori da cui scaturiva il mio talento, – dice un giorno indicando divertita una fotografia, presa dall'angolo laterale del palcoscenico, in cui si inchina allargando attorno a sé un vestito bianco quasi nuziale rivolta a un pubblico di spettatori che applaudono con espressioni di estasi.

VENTICINQUE

So che non sarò mai su un palcoscenico e per una volta, a tradimento, questo pensiero trova la strada di farsi sentire.
– Il successo è come la piena di un fiume, – dice la vecchia signora. – Ti arriva addosso all'improvviso e quando si ritira devi ricostruire tutto.

Ventisei

Non avevo il coraggio di fare domande ma lei nel suo parlare senza soste sparpagliava indizi, tracce che mi portavano indietro nel tempo, a quando mia madre c'era, a cose che non avevo notato anche se le mie giornate si logoravano nello sforzo di ascoltare, di non perdere niente della sua vita.
Un giorno, nell'autunno successivo, fu chiaro che aveva conosciuto mia madre.
Mi aveva chiesto di suonare la *Barcarola veneziana* di Mendelssohn. Ero stupita, si trattava di un pezzo molto piú semplice rispetto a quelli che le proponevo di solito. Ora so che non la suonavo come si deve perché l'avevo imparata a orecchio ascoltando zia Erminia, in una versione eccessivamente lenta e struggente.
– La suonavi cosí a tua madre? – chiede dietro di me la signora De Lellis.
– Non a… lei. Non solo per lei. La suonavo perché piaceva alla zia Erminia. Non so se mia madre la… ascoltava, se le piaceva. Io… non c'era modo di sapere. Lei non chiedeva… mai.
– Maaai –. Qualche volta se deve dire cose importanti torna al suo cantilenare.
– Mai. Non parlava di noi, di me, delle mie cose –. Scelgo le parole piú neutre per non metterla in sospetto, per

lasciare aperto lo spiraglio del suo racconto. Voglio che parli e ho paura che qualcosa che dico la svegli dal dondolio dei ricordi.
– Lei adorava questa *Barcarola*, – dice.
– La adorava? – chiedo.
– Se non parlano le donne scrivono, ricordalo. Quanto tempo è passato?
– Un anno, – rispondo senza bisogno che lei sia piú chiara.
– Un anno, sette mesi e diciassette giorni.
– Sí?
– Sí.
Non disse piú nulla. Si alzò dalla poltrona e fece il giro della stanza cercando qualcosa. Poi aprí il primo cassetto di un armadio in radica lucida e in una scatola piatta dorata trovò un enorme ventaglio bianco che prese ad agitare lentamente davanti allo specchio appeso alla parete di fronte. Il movimento del ventaglio era senza rumore come il fluttuare di ali d'angeli.
– È di piume di struzzo, – dice senza guardarmi. I capelli e il vestito le volavano intorno moltiplicando l'effetto nuvola. Era facile seguire la sua ombra chiara intorno a me. Parla, pensavo. Racconta. Racconta quello che sai. Se riesco a suonare questo pezzo benissimo magari mi racconta. So tenere i segreti io, sono impastata di segreti, sono un mostruoso segreto di famiglia, di natura, di universo. Non devo sbagliare nota, non devo non devo. Se suono bene mi dice, se non la guardo mi dice, se non chiedo mi dice, se non sbaglio mi dice. Le dita vanno, conoscono queste note, le suonavo tante volte. Forse avevo capito che piacevano a mia madre. Forse per quello. O per zia Erminia? Non dubitare trucido mostro peloso. Lo ha detto stamattina la Beatrice in classe. Sento tutto e vedo.

Pensano che brutto sia anche sordo e cieco. Aveva odore di sangue mentre parlava con la Federica. Come il filetto che Maddalena batte prima di cuocerlo. Ecco, ho sbagliato. Troppo lento il finale, lento lento. Stupido mostro peloso, ha smesso di parlare la vecchia signora.
– Sei mai piú entrata nella stanza di tua madre? – chiede alla fine.
– No.
– Allora è tempo di farlo. Non credi?

Ventisette

Maddalena era entrata nella stanza di mia madre dopo la sua morte. Il vento sbatteva con violenza le tende della porta finestra che dava sul terrazzino da cui lei era caduta. Dalla porta l'avevo vista riordinare. Cancellava le tracce lasciate dalla polizia che aveva aperto, frugato, mescolato, sparpagliato. Calze con libri, nastri con lampadine, vestiti con quaderni con profumi. Non avevo mai visto la maggior parte di quelle cose. Non conoscevo nessuno dei suoi profumi. Maddalena iniziò dalla parete alla sinistra della porta. Riponeva i libri negli scaffali vuoti. Li prendeva dal pavimento in ordine di grandezza. Prima i piú alti, poi via via i piú piccoli. Li spolverava uno ad uno, asciugava di tanto in tanto le lacrime che piovevano sulle copertine. Se trovava un errore nell'ordine decrescente che andava costruendo spostava un volume o un altro. Poi passò al guardaroba. I vestiti si trovavano tutti accatastati su due poltroncine bianche. Fu cosí che vidi il vestito azzurro del matrimonio. Il corpetto stretto era sostenuto da due nastri sottili di raso. Sulla gonna, che ricadeva a campanella appena allargata, alcune pieghe profonde si aprivano su un tessuto bianco ricamato con fiordalisi dai petali sfrangiati che si confondevano fra loro in una trama di fili cangianti. Da terra Maddalena recuperò anche una stola bianca leggera con piccolissimi fiordalisi ricamati sul bordo. Il vestito era il regalo delle monache carmelitane di Monte Berico. «Vale una fortuna, – dice zia Erminia un giorno in cui le va di raccontare del matrimonio. Parla ad alta voce perché mia madre senta nel suo salottino. – Cucito tutto a mano, tutto. E gratis. Cosí tua madre se le conquistava le persone. Sembrava il pifferaio magico. Passava biancovestita e si inchinavano gli steli dei fiori».

Improvvisamente Maddalena si era girata verso di me che avevo i piedi murati sulla soglia e mi aveva guardato disperata. Poi aveva cominciato a prendere bracciate di cose qua e là. Vestiti, scarpe, fogli, quaderni finivano con furia feroce dentro i cassetti, nel comò, sotto il letto. Li buttava dentro e dopo averli livellati con le mani richiudeva. La lampada dello scrittoio finí rovesciata nella cassapanca, i quadri sotto il copriletto, le spazzole da capelli, la sveglia, la biancheria nel cassetto del comò. Finché tutto fu dentro, o sotto.

– Perché? – chiedo.

– I morti sono come le scarpe, – risponde Maddalena. – A ciascuno i suoi, sennò fanno troppo male.

Prima di uscire chiuse le imposte del terrazzo, chiuse i vetri, tirò le tende e le lisciò con le mani perché ricadessero in pieghe regolari.

Ventotto

Nei primi due anni di scuola media avevo tentato qualche volta di interrogare Maddalena sulla sorte di Lucilla. La solitudine delle interminabili mattine sui banchi di contrà Riale logorava la mia capacità di resistere alla nostalgia per le ondate di parole con le quali Lucilla, per tutto il tempo delle elementari, mi aveva trascinato nel suo mondo e grazie a questo nel mondo di tutti.
Mi scoprivo a pensare che avrebbe potuto cercarmi. Io non sapevo piú nulla di lei, né dove si trovasse, né perché non telefonasse o scrivesse. Mi immaginavo situazioni in cui le fosse impossibile mettersi in contatto: lontana, dall'altra parte del mondo? Addirittura in prigione? In nessun caso i miei dubbi si trasformavano in risentimento. Sapevo che il suo silenzio doveva avere una ragione e solo la mia ignoranza delle cose me la teneva nascosta.
Un giorno per caso da Maddalena seppi che la maestra Albertina era andata a insegnare fuori città. Non l'avevo piú vista dopo la fine delle elementari eppure la certezza che oltre a Lucilla e a sua madre non avrei potuto incrociare per caso, in corso Palladio o in piazza Matteotti, neppure lei, mi fece sentire insopportabilmente sola.
– Almeno Lucilla tornerà? – chiedo la sera a Maddalena. Avevo cercato tutto il giorno il coraggio di farle la domanda. Ero entrata in cucina tante volte con la scusa

di un secondo tè, un bicchier d'acqua, un aiuto nel preparare i biscotti. Avrei voluto farlo a cena, cosí Maddalena non avrebbe potuto scappare per un servizio qualsiasi, ma zia Erminia era comparsa quella sera e aveva raccontato, raccontato, raccontato.

Cosí la domanda era arrivata tardi, brusca per l'urgenza e insieme la paura della risposta, appena un istante dopo che Maddalena aveva spento la luce per la notte. Protetta dal buio.

– Si fa quel che si può. E qualche volta mille anni sono come un giorno.

– Quando? – insisto.

– Quando bisogna combattere.

È brusca anche Maddalena. Lei non sa essere evasiva, e se deve, le costa fatica. Forse non ha la risposta o forse non ne conosce una che mi possa rasserenare.

Il male presente era l'indifferenza che circondava la mia vita. Tranne Maddalena, che sentiva quanto fosse ingiusto quell'isolamento, ma non trovava gli strumenti e le strade per romperlo, né mio padre né zia Erminia sembravano vederlo. Cosí capitava che lo stato di resistenza ai sentimenti, in cui si costringe chi è abituato a soffrire, lasciasse passare a tradimento un rimpianto aspro per il suono scanzonato del passo di Lucilla accanto al mio, sul selciato di pietra in corso Palladio. E il desiderio mi affannava il respiro.

Allora il mio interrogare diventava ancora piú maldestro, un chiedere sapendo che era inutile farlo:

– Perché Lucilla non mi chiama? Lei sa dove trovarmi –.

Blocco Maddalena sulle scale con la biancheria tra le braccia.

– Allora uscite da quella città e scuotete la polvere dai sandali, sta scritto, – risponde Maddalena dopo un lungo silenzio. – Qualche volta bisogna andarsene cosí.

VENTOTTO

- Ma io non sono polvere, - protesto senza rendermene conto.
- Tutti lo siamo alla fine, - chiude Maddalena voltandosi come fa quando le lacrime sono troppe anche per lei.

Ventinove

– Vorrei le chiavi della sua stanza, – dico un giorno a Maddalena.
– È aperto, – risponde dalla cucina con tono naturale, quasi avesse aspettato quel momento tutti i giorni.
Richiudo la porta dietro di me. Nessun odore che conosco mi orienta. Mia madre non aveva alcun odore, oppure non le ero mai stata abbastanza vicina da sentirlo. Comunque qualcuno arieggia la stanza regolarmente. Apro le tende, la finestra, il balcone. Il mondo mi investe. Odore di pioggia calda d'autunno. Uve lontane, vinacce, polvere di strada, alghe, piume, calde anche loro. Guardo giú una gallinella d'acqua, una cova tardiva senza speranza, forse senza uova. Odore di pasticceria, glassa al limone. Un tuffo: questo è un ricordo, la mamma di Lucilla, l'ultima torta che mi ha fatto, prima di andare. Odore di libri, vecchi, la Biblioteca, ci passo la mattina davanti. Di Giardino Salvi, ghiaino e odore di piume bianche di cigni, di tangenziale, di autostrada, di neve lontana sui monti. Non so l'odore di mia madre.
Mi siedo al suo tavolino della toilette, come faceva lei. Le donne scrivono ha detto la signora De Lellis. Ho uno specchio davanti e vedo la porta alle mie spalle. Capisco come lei mi vedesse di sfuggita quando passavo veloce, dieci mille volte al giorno.

VENTINOVE

Piove forte sul poggiolo di pietra e sul fiume. Rumore di gallinella che scuote l'acqua dalle piume. Cassetto a destra. Calza nera, calza bianca, foulard bianco, penna stilo azzurra, pettine, d'osso, forcina, forcina, forcina, libro di preghiere, di preghiere? Calza azzurra, azzurra? Quaderno. Vuoto. Finito il cassetto. Cassetto a sinistra. Una gonna blu a pieghe piccole. Appallottolata. La furia di Maddalena. Una scarpa nera bassa. Odore di cuoio, poco anche questo. Altra scarpa nera bassa. Quaderno blu con la copertina rigida e un disegno elegante di iris impresso. Scritto. Prima pagina: *Pezzetti di cielo mi cascano addosso e mi tagliano tutta.*

Trenta

So tutto del dolore.
Ha la forma del sangue
che guastava
mio padre e mia madre,
e gli antenati di polvere e terra
e ora me,
e mi tiene in vita ancora,
l'odore del ferro
che mi disgusta le notti,
il ritmo esatto dei passi
miei
sul marmo
sul legno
(sulla strada
quando c'era una strada),
il suono del tuo pigolio sottile
di gallinella d'acqua.
Bambina della casa sul fiume
il mio silenzio è il mio scudo.
Il tuo scudo.

sei mesi cinque giorni tre ore

TRENTA

Sono poesie? Leggo il diario di mia madre con fatica. Scrive con un inchiostro di china azzurro chiaro che il tempo ha sfumato in tutte le gradazioni del grigio, in alcuni punti ormai invisibile. La grafia è una miniatura sorprendentemente puntuta, fatta di piccoli tratti verticali e pochi altri orizzontali, passeggiare leggero sul foglio. Non ci sono cancellature. Mia madre pensava molto prima di scrivere.

La Mostra affila i denti su carni devote.
La Mostra va di notte a Monte Berico.
La Mostra matrigna immonda
dissemina parole bifide
e ti rappresenta
vite non tue.
Il bugiardo è cieco di misericordia.
Se mi scappano parole
ti scortecciano l'anima.
Il mio silenzio è la tua salvezza.

tre anni undici mesi due giorni

La Mostra è la zia Erminia? Ma perché? Chi è il bugiardo? Non c'è nessuna data. E perché mia madre scrive in modo cosí difficile e segreto? Ha paura?

Dal fiume di notte mi ha visto
e il silenzio crudo che mi infligge
lo ha fatto sanguinare
piccole lacrime rosate
Chi ti ha seminato
la promessa? ha chiesto
con voce di canto

Un dio, ha risposto
il mio silenzio alla fine del viaggio
Non c'è dio al di fuori del mio sprofondare,
dice la voce di scherno
Essere pietra sul fondo
è la grazia

sei mesi sei giorni sei ore

Chi parla a mia madre nella notte dal fiume? Cosa sono le indicazioni di tempo? Scorro veloce le pagine per capire.

La mia bambina è tornata alla casa sul fiume. Lui racconta al mio silenzio e non vede che è solo attesa, e se parlo non viene, fosse solo una parola, e nemmeno nel silenzio viene, non viene eppure non si può non attendere, perché una promessa ci è stata fatta e noi ci abbiamo creduto, o forse abbiamo creduto che qualcuno proprio a noi la offrisse e si deve sospendere se stessi e la vita nell'attesa anche se niente niente sembra venire eppure si farebbe di tutto per provocare il suo arrivo, tutto, e si ha paura di non sentire i suoi passi se il silenzio non è perfetto e la rinuncia non è totale. Perché, come si può accettare che la vita si addipani proprio quando allarga più generosa la sua promessa?

cinque mesi due giorni

La mia età segna i suoi giorni! Sono io il suo segnatempo. Mia madre non ha scritto solo poesie. La scrittura misteriosa parla di me qui. E perché le date non sono in ordine? Leggo qua e là il diario cercando parole che incrocino un ricordo, con la paura di non riconoscere nulla.

TRENTA

*Passa leggera con zampette
morbide di scoiattolo
e non sente le carezze del mio silenzio.*

quattro anni due mesi e ventinove giorni

Mia madre mi vedeva e scriveva poesie per me. Non so finire di rileggere e rileggere questi tre versi che mi sfiorano i capelli come il suo sentirmi mentre passavo davanti alla sua porta e lei era di spalle, rivolta a questo diario appoggiato al tavolino.

La Mostra le ha visto le mani ieri. Sono le sue mani e quelle di lui. Le dita nel numero giusto, nessuna di troppo. Orrida Mostra dalle mani perfette che artigliano le sue.

tre anni due mesi trenta giorni

Lui è mio padre. Le donne scrivono, aveva detto la signora De Lellis. Quanto ha scritto mia madre? Perché odiava zia Erminia? Cosa succedeva che io non vedevo?

*Una felicità mortale
ci scrolla i ricordi
uno a uno
contabilità feroce*

nove mesi

È un delirio? E improvvisamente capisco l'ordine. Ha scritto prima sulle pagine a destra del quadernetto e quando è arrivata alla fine ha ricominciato sulle pagine

a sinistra, cosí leggendole di seguito si perde il tempo.
Cerco una data di cui posso ricordare qualcosa.

Piccola bambina della casa sul fiume,
quanti sguardi ti toccano oggi
e quante parole diranno di te.
Vedi anche tu come il silenzio è buono e fa meno male.
Nessuno ci viene a salvare.
Io non posso parlare,
vedere, vivere, sentire,
perderei la memoria di te mio sogno bambina.
Se ti conservo
quando la notte sarà finita ti renderò di nuovo la vita, intatta.

sei anni cinque mesi venti giorni

La mia scuola porta un passaggio nella scrittura che diventa piú sottile e sempre piú reticente. Una dissolvenza del pensiero che si consuma nelle vocali ridotte a puntini, nella fine delle parole quasi sempre da immaginare.

Lucilla bambina
sparpagli parole
giochi a palla col tuo dolore
Lucilla che canta e salva.

sei anni sette mesi un giorno

A partire da questa data ha scritto in forma poetica su Lucilla, Maddalena, che chiama Donna delle lacrime, la musica che suonavo, la zia Erminia e una certa Signora della notte.

Signora della notte
la tua parola mi tocca
la carne
ma le persone degradano in cose
sto diventando pietra a poco a poco.
Signora della notte
mi parli tra i fiumi, ostinata,
non c'è negozio
per le anime sprecate
solo il dio dell'acqua
nera
le aspetta
falene di pietra sul fondo.

sette anni sette mesi due giorni

Con quale donna parlava mia madre fra i due fiumi?

Ride la Mostra
i denti affilati su carni che non può avere
ride e spande liquami profumati
che confondono l'odore di zolfo
ride e il bugiardo non finisce
di calare l'ascia della sua benevolenza.
Incanta lui, cauti incanti, incerti piovono pietosi a piangere piccole pene. Ma cosa dico, cosa, ecco la serva del mio dolore, del suo dolore, del dolore della carne che solo la bambina paga per tutti. Cosí sia nei secoli.

sette anni sette mesi undici giorni

Molte poesie si perdono dopo i primi versi e diventano giochi di allitterazione da cui emerge d'un tratto un pensiero.

Un balzo sul bordo della lucidità. Poi ripiomba giú, appena piú sotto di prima. Piú tardi torna alla prosa, ma confusa.

La cintura della vestaglia che sporge dal guardaroba, intrappolata. La pietra scheggiata del poggiolo. Una gattina bianca senza la zampa posteriore sinistra. L'occhio di un uomo su una bambina.
Grandine buca le foglie verde nuovo degli olmi. La corolla gialla bucata dal sole. Fiori, dipinti sulle colonne di una chiesa, da lontano sembrano denti, ridono rosso sangue la lingua.
Si può uscire dalla propria vita e restare vivi?

otto anni sette mesi

L'ordine delle date sembra invece rispettato. È come se avesse concentrato lí tutta la sua lucidità.

La Signora della notte è partita. Anche lei nel silenzio. Lui chiama dal fiume nero con fruscio di topolini che fanno toeletta su una zattera d'alghe. Cosa altro c'è da dire. Il dolore di non vederla piú. Mai piú la mia bambina della casa sul fiume. Pianto indecente del tempo, pentito di esistere.
Pezzetti di cielo mi cascano addosso e mi tagliano tutta.

nove anni

Leggo e rileggo e rileggo l'ultima pagina. Possibile che niente di questi sentimenti per me sia passato alla mia vita? Perché non ho capito? Perché nessuno ha capito?

Trentuno

– La mamma era pazza? – chiedo a mio padre. L'avevo aspettato nell'ingresso seduta su una poltroncina. Prima avevo chiuso le porte delle altre stanze e aperto le finestre. L'umidità dell'autunno mescolata all'odore di alghe si allungava sulle scale. Zia Erminia non c'era. Maddalena stava cucinando.
– Non credo. No –. È piú rassegnato che sorpreso. Ha piegato le sue belle spalle e appoggia la valigetta delle visite sul primo gradino della scala.
– Siediti, – dico indicandogli l'altra poltroncina. Lui si siede. In mano tengo il quaderno blu di mia madre.
– Gliel'ho regalato io, – dice mio padre quando lo vede.
– È un diario, – spiego, ma lui non sembra sorpreso.
– Sapevi che teneva un diario?
– Sí.
– Era nel cassetto del suo tavolino. Senza chiave.
– Non ho cercato mai.
– Perché? – chiedo.
– Per rispetto, credo.
Nessuno parlò per molti minuti. Fuori si sentiva il suono di un germano reale che si lavava le penne nel fiume. Il frullare di ali faceva immaginare la corolla d'acqua tutto intorno. Le campane di Monte Berico suonavano le sei. Il vento portava anche il profumo dolciastro delle foglie degli olmi in autunno.
– Vuoi leggerlo? – chiedo.

– No.
– Non si capisce bene. Sai come chiama la zia Erminia?
– No.
– La Mostra. Femminile di mostro. La odiava. Perché?
– Non lo so.
Lo guardai cercando i suoi occhi. Ma lui fissava un punto sul pavimento appena piú in là dei mocassini morbidi che non portavano nessun segno dei suoi piedi affusolati. Era elegante anche a fine giornata. La camicia bianca non era gualcita, i pantaloni blu di lino pesante sembravano appena indossati, i capelli neri sembravano pettinati un minuto prima nel bagno di casa. Occupava la poltroncina con la naturalezza degli uomini alti e belli, che attraversano gli spazi quasi senza toccare le cose, come se queste si adattassero naturalmente a loro, come se il mondo avesse aspettato solo il loro passaggio per essere completo.
Mi vennero in mente i discorsi che facevano le mie compagne di classe sugli uomini e mi colpí l'idea che sicuramente doveva essere circondato da donne innamorate di lui. Lucilla aveva detto qualcosa su questo quando era morta mia madre. Però non una di loro aveva mai telefonato a casa che io sapessi. Forse alla fine non aveva altre donne, pensai. Stringevo il quaderno con tutte e due le mani e sentivo la copertina scivolare sotto i polpastrelli bagnati. Dovevo aver pensato ad alta voce:
– Non ho altre donne, – dice mio padre.
– Perché? – sento la mia voce chiedere.
– Perché io rovino tutto quello che tocco. Per questo.
Una fitta mi trapassa.
– Sono io? È per me?
– No. A causa mia tua madre era… cosí.
Aspettai qualche altra parola che non arrivò. Maddalena ci sorprese al buio quando venne a cercarmi per la cena.

Trentadue

Piú tardi quella sera interrogai anche Maddalena. Lei mi aspettava in cucina, seduta con un gomito appoggiato sul tavolo. I piatti e i bicchieri erano accumulati sul ripiano della lavapiatti mentre il gelato di vaniglia si scioglieva nella vaschetta appoggiata vicino al fornello. Mi guardò per tutto il tempo e rispose quasi senza piangere. Solo, tormentava il fazzoletto che teneva tra le mani.

Sí, lei sapeva che la giovane signora teneva un diario, o almeno che scriveva, e aveva anche visto dove lo metteva di solito. Sí, lo aveva detto al dottore mio padre e non sapeva se lui lo avesse letto oppure no. Lei vedeva e sentiva, ma non spiava.

Che cosa pensava lei di mia madre? Che la giovane signora aveva bisogno di aiuto, tanto aiuto, e che non gliel'avevano dato, Dio li perdoni. E no, assolutamente no, in nome della Vergine Maria, lei non pensava proprio che fosse colpa mia, del mio aspetto, se la mamma era cosí. Qualcos'altro di terribile doveva essere accaduto. All'inizio aveva pensato a qualcosa di innominabile fra Madama Erminia e, che Dio la perdoni, mio padre. Perché? Perché Madama Erminia era troppo provocante con lui, per come lei lo sfiorava passandogli dietro in cucina o sulle scale, perché lei gli sceglieva i profumi, per come suonavano il pianoforte la sera, toccandosi, intrecciando le mani, spalla contro spalla. E invece? E invece non era cosí, no. Lei di questo era proprio sicura come è sicuro che Nostro Signore è morto in croce per noi. Madama Erminia e mio padre avevano un legame di sangue speciale. Erano stati cosí uniti prima di nascere che, come dire, erano destinati a cercarsi per tutta la vita e quando erano nella stessa stanza era come se fossero nella stessa pancia e il corpo dell'uno era parte di quello dell'altro e non bisognava né stupirsi né pensar male di questo. Era la natura e lei lo aveva capito osservandoli. E se prima Madama Erminia le faceva rabbia, ora le faceva solo pena, perché era destinata a non trovare pace con nessun uomo, a desiderare l'unico uomo che non poteva avere povera povera donna. Perché allora mia madre era cosí? Non lo sapeva.

Una volta l'aveva sentita dire una cosa a mio padre. Sí, direttamente a mio padre, una sera che lui le aveva parlato, da cavare il cuore Vergine Santissima.

Io ero ancora uno sgorbietto minuscolo che dondolava avanti e indietro per cercare l'equilibrio. Lei era seduta nella sua solita poltrona e poco prima ero sfuggita al controllo di Madama Erminia ed ero caduta in avanti battendo la fronte sul pavimento di marmo proprio davanti ai piedi di mia madre. Lei non aveva cercato di prendermi, nemmeno un movimento, non un muscolo. Né prima né dopo. E lui, mio padre, era arrivato al momento giusto per vedere tutto, Gesú Santo. E mi aveva raccolto da terra, mi aveva consolato, aveva preso il ghiaccio per la fronte e io mi ero calmata, rannicchiata come un piccolo di germano reale sotto la sua giacca non ancora tolta, tra le sue braccia, e solo la testolina avevo fuori, proprio come i germani del fiume, solo la testolina su cui mio padre mi teneva il ghiaccio.

E poi? Maddalena rimase in silenzio mentre rivedeva

nei miei occhi la scena. E poi mi ero addormentata e lui mi aveva messo in grembo a Maddalena e aveva preso le mani di mia madre, le aveva raccolte fra le sue come si raccoglie l'acqua per bere, le aveva baciate con dolcezza e desiderio e poi gliele aveva strette intorno al viso costringendola a guardarlo. Ma la mamma aveva chiuso gli occhi. E allora lui le aveva parlato lo stesso: La vita non è un oggetto prezioso da custodire nel corso degli anni. Spesso ci arriva tra le mani già sbrecciata e non sempre ci vengono forniti i pezzi con cui ripararla. Qualche volta bisogna tenersela rotta. Qualche volta invece si può costruire insieme quello che manca. Ma la vita sta davanti, dietro, sopra e dentro di noi. C'è anche se ti scansi e chiudi gli occhi e stringi i pugni. Non sei sola, ricomincia con noi, noi ci siamo.

E lei? E lei allora, con gli occhi chiusi e scandendo le parole come un robot, lei gli aveva parlato: – Quello che ho visto non è Dio. E ora lasciami andare.

No, Maddalena non sapeva cosa volesse dire, ma si capiva bene che era verso mio padre la rabbia e a dirla tutta pensava che non mi avesse proprio visto cadere, che fosse solo assorta, Vergine Santa. Ma certamente si doveva fare qualcosa per lei. E invece niente. Madama Erminia era presa dal suo fuoco, odiava mia madre la giovane signora perché le aveva rubato il fratello e il suo affetto. Oppure perché era piú bella di lei, bellezza diversa, piú dolce, chiara, un po' da angelo ecco. E tutti la amavano, per moto spontaneo, cosí diceva Madama Erminia. E mio padre aveva paura a intervenire. Maddalena lo vedeva mentre la osservava da lontano e si vedeva che avrebbe voluto fare qualcosa. Cosa? Scuoterla, trascinarla fuori sul poggiolo, al vento e alla pioggia, afferrarle le spalle e scuoterla finché le cose fossero tornate al loro posto. E invece niente, Vergine Santa.

Bloccato come un cucú rotto col becco appena fuori dalla porticina e il verso strozzato per sempre nella gola di legno. Perché? Non c'è perché. Si nasce cosí. Belli brutti decisi indecisi. È la natura.

Trentatre

– È lei la Signora della notte?
Ero arrivata molto presto alla casa del bagolaro il giorno dopo e la signora De Lellis stava ancora sulla porta, ferma davanti a me, col solito sorriso quieto che le allargava il volto tondo e appena segnato dalle pieghe dell'età.
– Sí. La tua mamma mi chiamò cosí dal primo incontro.
– Di notte?
– Sí.
– Dove?
– Tra i due fiumi.
– Voglio sapere, – dico mentre richiudo la porta dietro di me.
Lei non prese la direzione delle scale quel giorno, ma si avviò verso la cucina, che dava sul retro della casa. Era una stanza piena di luce anche se si affacciava sulla parte piú buia del giardino, dove il terreno collinare saliva verticale creando un pendio di arbusti e rocce e dove il bagolaro allargava i suoi grossi rami mettendo in ombra le aiuole. Il lato verso il giardino era una vetrata che sporgeva rispetto alla parete della casa per cui si aveva l'impressione di stare all'aperto, quasi abbracciati dai rami del grande albero. I mobili in legno dipinto di bianco aiutavano a creare un ambiente che sembrava irradiare luce.
Quel giorno la signora De Lellis mi preparò il tè:

- Lo bevi sempre a casa tua, vero? Me lo dice Aliberto. E anche lei me lo raccontava, anche lei.
- Allora parlava? - chiedo.
- Sí, - risponde con un sospiro.
Era seduta davanti a me in una posizione che non riconoscevo. Quando raccontava delle fotografie oppure girava le pagine degli spartiti che non leggevo, le sue mani in movimento comunicavano tutta la vitalità di un'esistenza irrequieta e ancora in gioco. Quel pomeriggio invece teneva le mani in grembo, le palme appoggiate sulle pieghe del vestito, le dita aperte. Raccolta in se stessa, cercava di dire ricordi che non ferissero, colmava memorie che mi mancavano, in modo concentrato, consapevole che le avrei fatte mie con le immagini, i colori, le sfumature che le sue parole mi trasmettevano. Sapeva che mia madre da quel giorno avrebbe parlato con le parole che lei pronunciava e da allora in poi avrebbe avuto i sentimenti che lei le attribuiva. Faceva nascere mia madre in quel momento per me. Io non avevo niente da contrapporre al suo descrivere, solo qualche frase a tavola, una parola buttata per caso, i cenni avvelenati di zia Erminia, un tonfo e un grido che non avevo sentito.
- Ci siamo incontrate una notte densa e senza luna. Io uscivo spesso di sera tardi, oppure di mattina presto. Stavo bene allora. Anche adesso dici tu. Ma allora era ufficiale. Potevo uscire. Tu eri nata da qualche mese. Lei scappava scappava scappava, ma non sapeva proprio da cosa. Mi ha vista seduta sulla panchina in fondo alla via fra i due fiumi. Sentivo forte l'odore di una gallinella d'acqua che covava. Odore di piume calde. Lei mi passa davanti e mi chiede se mi manda lui. Lui? chiedo. E lei: Sí. Noi musicisti siamo abituati a incontrare persone originali, sai. Non mi stupiva questa giovane signora vestita di nero che viaggiava

di notte da sola. In fondo lo facevo anch'io. Sí e no, le ho risposto. Lei mi ha sfiorato per controllare se ci fossi davvero. Dubitava già di se stessa in quel periodo. Poi invece, mah! Cosa vuol dire sí e no, mi chiede. No perché non mi manda nessuno, che io sappia, rispondo. Sí perché potrei essere qui in quanto qualcuno vuole che sia cosí. C'è chi lo crede. Dio? dice lei con dolore e ironia nella voce. Se esistesse andrebbe licenziato per giusta causa, incapacità, assenteismo, e poi giustiziato per crudeltà, bruciato per eresia contro le verità che lui stesso ha proclamato. Già fatto, dico io. Già frustato, crocifisso, ucciso e sepolto. Ma pretende l'esistenza, risponde lei, e si sazia feroce dei desideri che ci incidono il cuore.

Poi si sedette sulla panchina, al capo opposto del mio. E cominciò a raccontare. No, non di te bambina. Raccontò della sua famiglia. I suoi genitori erano contadini vergognosi della povertà che si attaccava a tutto come l'odore grasso di stalla: ai vestiti vecchi fino a essere trasparenti, alle scarpe risuolate, ai capelli bruciati dalle permanenti fatte in casa. Se dovevano andare in città per una visita dal dottore, si alzavano all'alba, per fare il bagno. Stiravano all'ultimo minuto, appena prima di partire, le camicie raccolte al sole del mattino. Passavano presto presto dalla parrucchiera o dal barbiere. Poi, nel bagno dell'ospedale, prima di entrare dal dottore spazzolavano per l'ennesima volta le unghie di tutte le estremità dove l'odore diventa uguale alla colla moschicida che non la togli nemmeno con la candeggina. E poi succedeva sempre che alla fine della visita, cercando il portamonete oppure prendendo un fazzoletto, quell'odore si liberava improvvisamente dal fondo della borsetta, denso e vischioso, inconfondibile odore di sterco di vacca, di paglia fermentata sotto gli zoccoli, di latte cagliato sulle mammelle munte il giorno prima. Come

un genio malefico costretto alla prigione per troppo tempo, quell'odore si alzava sopra il profumo di bucato della camicia, si depositava sulla lacca dei capelli, si mescolava al disinfettante dell'ambulatorio e si allargava in una nuvola grande quanto la stanza, pronta a sfilacciarsi in una scia tenace quando uscivano.
La signora De Lellis tacque e per la prima volta, da quando la conoscevo, il suo viso aveva un'espressione di fatica. Mi prese la mano fra le sue e la guardò a lungo mentre mi accarezzava le dita.
– Vedi. È tutto per queste, per le dita. Non era la stalla, era la tara la vera vergogna. Bisognava cancellare la tara. C'era da sempre. Era presente in tutte e due le famiglie, quella di tuo nonno e quella di tua nonna. Capitava che nascessero dei bambini con tante dita. Erano normali e belli come sono i bambini, e anche sani di intelletto. Ma venivano nascosti per ignoranza, per paura del giudizio e per vergogna. Cosí si ammalavano. Diventavano rachitici perché non conoscevano il sole, non sapevano parlare perché crescevano con gli animali nelle stalle. Prima o poi morivano di malattia o perché un cavallo li colpiva mentre dormivano tra gli zoccoli. Tuo nonno non lo disse a tua nonna perché temeva di perderla, e cosí fece tua nonna. Ebbero due figli maschi, tutti e due con tante dita, tante da non poterlo raccontare. Morirono piccoli e qualcuno doveva sapere come, visto che dopo la morte del secondo arrivò il sindaco del paese insieme al parroco e dissero che doveva essere l'ultimo perché la volta successiva sarebbero arrivati i carabinieri al loro posto. Allora i tuoi nonni si decisero ad andare da un dottore e a lui furono costretti a dirlo che le tante dita c'erano in tutte e due le famiglie. Lui disse che non c'era speranza, di non tentare piú. Ma non era facile obbedire a un consiglio cosí all'epoca. Tua

madre nacque dopo nove mesi di lacrime e di novene alla Madonna di Monte Berico e fu un miracolo. Aveva il giusto numero di dita ed era cosí bella che ebbe sempre un posto d'onore nel presepio vivente del paese: prima Gesú Bambino, poi un angioletto orante, piú grandicella l'angelo di luce impalpabile che annuncia ai pastori l'avvenuta salvezza. E fu durante una sacra rappresentazione di Natale che tuo padre la vide. Lei faceva la Madonna, vestita di bianco con un manto azzurro trapuntato di stelle d'oro. La chiese in sposa dopo la messa di mezzanotte. Lui era bello, ricco, veniva dalla città. Ma i tuoi nonni perdevano il senno al pensiero che potesse toccare a lei la loro sorte e quando lo seppero il giorno dopo, partirono cosí come stavano, senza camicie di bucato e parrucchiere. Si presentarono nello studio di tuo padre in città e gli fecero giurare che mai nella sua famiglia era nato qualcuno con piú di dieci dita, né un po' minus, né zoppo, né sordo, né strabico, che solo sangue buono scorreva nelle sue vene da generazioni e generazioni. E lui giurò. Poi, in ginocchio davanti ai due contadini ormai vecchi e carichi di colpe e di paure, chiese il permesso di sposare tua madre. Perché l'amore è cosí, senza memoria e senza futuro, non sa che i giorni possono svegliare le storie passate.

Trentaquattro

– E io? – chiedo il giorno dopo, alla fine di un *Lied* di Schumann suonato con l'anima appesa alle labbra silenziose della signora De Lellis. Lei si muoveva nella stanza e senza fermarsi allineava uno spartito su uno scaffale o spostava un ritratto.

Il suo racconto si era interrotto quando la cucina era ormai buia e il maestro De Lellis era tornato dal conservatorio, la sera. Sorpreso di non trovare le luci accese, aveva cercato prima nel salone, poi nelle camere e solo alla fine in cucina. Non lo avevamo sentito e io ero stata costretta a inventare una spiegazione per lui. E soprattutto per Maddalena, a casa.

Lei si fermò e mi guardò con un'espressione solenne.

Poi si sedette sul divano allargando il vestito bianco intorno a sé.

– Semplicemente cosí. Quando sei nata tu, tua madre si ammalò di depressione. Capita a quasi tutte le donne. Niente di nuovo. Gli ormoni che hanno lavorato per nove mesi si sono sfiancati a costruire la vita cellula per cellula, tessuto per tessuto, e dopo aver finito il lavoro si lasciano andare. Poi passa. Di solito c'è un marito che fa quel che si deve in questo periodo, oppure dei nonni. Tua madre non li ha avuti. Neanch'io, ma avevo la musica. Lo dico sempre ad Aliberto che lui ha un'altra mamma oltre a me.

TRENTAQUATTRO

Comunque: a Erminia non sembrò vero di poter ritrovare un posto accanto a tuo padre visto che tua madre stava male. Per i tuoi nonni l'infelicità di tua madre era piú di quello che potevano sopportare. Morirono uno di seguito all'altro, certo erano anche tanto vecchi. Ma prima insultarono per giorni e settimane tuo padre.
– Perché?
– Perché tua madre era stata una ragazza felice e non lo era piú.
– E io?
– La paura rende egoisti e ciechi e sordi. Nessuno ti vedeva davvero.
– Perché sono brutta.
Lei fece un gesto di fastidio: – Tu sei speciale bambina. Talmente speciale che l'aspetto non avrebbe giocato un ruolo cosí smisurato con un altro contorno. Tuo padre è dottore. Se ne possono fare di cose!
Non capivo e lei se ne accorse.
– Piccoli interventi, cure per migliorare ecco, come tutti sai, come tutti. E poi basta! Si sta sulla terra tre giorni appena e li si passa a edificare un inferno l'uno all'altro con queste storie dell'aspetto e dell'apparenza.
Respirò profondamente.
– Ti hanno nascosta. E hanno nascosto tua madre. In una città come la nostra questo voleva dire colpa e vergogna. Cose inconfessabili da seppellire. Suona qualcosa di Bach adesso. Ho bisogno di architetture.
Si alzò e aprí la finestra. Il vento portò dentro un profumo lontano di incenso.
– Fanno le pulizie alla Basilica della Madonna e hanno le porte aperte, – dice la signora De Lellis respirando di nuovo profondamente. – Manca l'aria qui.
– Quali colpe? – chiedo.

– Si diceva che tua madre avesse scoperto una relazione fra Erminia e suo fratello. Non era vero ma Erminia non faceva niente per smentire. Giocava, lei. Le piaceva farlo credere. Dicevano che tua madre fosse pazza per questo. Anche che tu eri figlia di Erminia si disse, e che la gravidanza di tua madre era stata una copertura. Lei avrebbe accettato per denaro essendo povera e poi sarebbe impazzita. Follie naturalmente, follie. Io so di che cosa è capace la gente qui, oh se lo so! Ma io avevo la musica. Per questo ho portato Aliberto via con me, nelle tournée. Quando non dormiva, da piccolissimo, lo mettevo in un cestino e lo appoggiavo sul coperchio del pianoforte. Lui crollava in poche battute. E quando sono tornata avevo il successo. Il successo è una potente varechina lí per lí. Tutto torna bianco e pulito.

– Nel diario mio padre è «il bugiardo», – dico continuando a suonare piano piano una *suite* inglese.

– Bugie, ipocrisie, maldicenze. Bisognerebbe riscrivere il decalogo e ordinare dieci volte di controllare la lingua quando si parla invece di preoccuparsi tanto del sesso e della proprietà privata. Tuo padre non era stato sincero con i tuoi nonni. C'erano stati casi, problemi nella sua famiglia. La sua è una delle piú antiche famiglie della città e si erano sposati tra di loro per secoli, per i soldi naturalmente, ed era nato di tutto, ecco, di tutto. Soprattutto deficienti, come si diceva una volta. I tuoi nonni non gli avrebbero mai permesso di sposare tua madre, mai. Lui ha avuto paura di perderla. Lei lo ha saputo all'ospedale. Una confidenza pelosa. Di Madame Erminia.

– Zia Erminia sembra volermi bene.

– Sí, sembra. Ma dov'è adesso? Cosa fa per te? Sei stata il suo pubblico, la scusa per stare nella tua casa accanto a lui. Erminia è presa dal suo fuoco senza pace. È malata, Rebecca.

TRENTAQUATTRO

– E mio padre?
– È buono ma è come un minuscolo cucciolo di charles spaniel finito per sbaglio in una covata di lupi. Non può comportarsi secondo la sua specie, non sa comportarsi come i lupi. Inadeguato. Vittima.
Aveva parlato dando le spalle alla finestra, con il vento che faceva volare i capelli sottili.
Io avevo finito da un po' di suonare e la guardavo.
– Come sa tutto questo? – chiedo alla fine.
– Tua madre, – risponde piano. – Notte dopo notte, mese dopo mese, anno dopo anno.
– Ma allora non era...
– Pazza? Oh sí, alla fine sí. Chiunque lo diventerebbe, chiunque nelle sue condizioni. Ma nelle sue parole si poteva distinguere il vero, si riusciva a separarlo dalla fantasia e dalle ipocrisie che la circondavano. Con pazienza, e io ho pazienza, e sono anche esperta di ipocrisie.

Trentacinque

Dopo la mia nascita la vita di mia madre era diventata un piano inclinato. Non aveva nemmeno lottato. Nessuno le aveva afferrato la mano dall'alto oppure lanciato una corda. Per egoismo, impossibilità, inadeguatezza. Nel suo deformato mondo interiore mio padre era il bugiardo il cui amore riguardoso e impotente otteneva l'unico effetto di serrare il cerchio del suo delirio e per questo veniva punito col silenzio.

Forse all'inizio era solo una provocazione, un gioco che aveva fatto prigioniero il giocatore e nessun cavaliere senza macchia e senza paura aveva sfidato l'incantesimo. Mio padre le era rimasto vicino ma le parole che la sera cercavano la strada verso la mente di mia madre, non le toccavano il cuore. Cosa importa del mondo degli altri quando i nostri sentimenti ci hanno abbandonato e rimane solo l'offesa per l'inganno subito? Da chi dichiarava una passione che non sa di limiti e misure e invece si è fermato davanti al nostro male, dalla vita che aveva promesso e invece ha tradito, da Dio che avevamo tanto pregato e si è rivelato indifferente.

Mia madre confondeva dolore e rancore e non sapeva leggere nel garbo rispettoso e incerto di mio padre lo specchio della propria debolezza.

E lui aveva lasciato che capitasse.

TRENTACINQUE

– La giovane signora era come le anatre del lago di Fimon quando era permessa la caccia, – dice Maddalena con il diario di mia madre ancora in mano dopo aver finito di leggerlo. Gliel'avevo dato perché sapevo che lei le aveva voluto bene.
– Cosa facevano? – chiedo.
– Setacciando le alghe mangiavano i pallini dei cacciatori e si intossicavano di piombo. Poi perdevano l'orientamento e giravano, giravano. Galleggiavano ma giravano a vuoto. Finché cadevano sfinite e annegavano.

Trentasei

Anche mio padre infine lesse il diario. Non ne parlammo mai. A zia Erminia non lo feci vedere.
L'estate successiva segnò la loro separazione. Lui non suonava piú la sera insieme a lei. Non si faceva trovare all'ora giusta perché usciva per una visita, oppure tornava troppo tardi. A tavola spesso nessuno raccoglieva la conversazione di zia Erminia, che alla fine smise quasi del tutto di venire a cena. Una sera annunciò che tornava al suo appartamento di piazza Castello. Mio padre rispose con tono neutro di fare quel che credeva meglio. Lei svuotò la sua camera e la casa un po' alla volta perse la memoria dei suoi profumi. Solo uno che dava un certo stordimento, alla tuberosa con note di sandalo, rimase a lungo. Sembrava piú denso e persistente degli altri ma era perché la zia aveva rotto la boccetta sulle scale, mi spiegò Maddalena.
Io passai molto tempo nella camera di mia madre. Con il balcone spalancato e le tende che volavano, aprivo cassetti, mettevo in ordine i suoi vestiti, pulivo e riordinavo la sua collezione di angioletti. Scoprii che collezionava angioletti da quando era piccola. Solo angeli oranti, con le mani giunte oppure con un libriccino di preghiere in mano. Sotto il suo letto e in mezzo ai vestiti trovai sette scatole di latta piene di questi angioletti. Non era molto precisa: in alcuni casi scriveva la loro provenienza sulla base dell'an-

gioletto o internamente sul vestito, in altri casi c'era un minuscolo foglietto arrotolato come una pergamena in cui aveva scritto con i suoi caratteri azzurri e minuti la data, la provenienza e a volte anche un verso, una preghiera, e non si capiva se fossero parole sue oppure copiate dalla Bibbia o da qualche libro.

C'erano angioletti di legno, di ceramica, di vetro. Uno era costruito con le foglie del mais seccate e le ali sembravano graticci per i bachi da seta. Un altro aveva le ali fatte di vere piume bianche di un qualche uccello. Uno sudamericano raffigurava un bambino tozzo con il viso scuro ben squadrato: lo si immaginava in miniera a portare gerle di carbone sulle spalle piuttosto che in cielo a cantare inni intorno al trono di Dio. Quasi tutti indossavano vestiti azzurri o bianchi. Quando mia madre li aveva riposti nelle scatole doveva stare ancora bene perché erano archiviati ordinatamente, le ali ben spiegate intorno al corpo, l'aureola, se c'era, era ben distesa a cerchio sulla testa. Mentre li guardavo sentivo un profumo, ma non era mia madre. Alcuni angioletti erano intagliati in un legno odoroso: ce n'era uno scolpito in legno di cirmolo e un altro in legno di canfora. Li allineai sul suo mobile da toilette e ne contai settantanove. Raddoppiati dallo specchio e dalla superficie lucida del mobile facevano una schiera celeste. Decisi che erano rimasti fin troppo al chiuso.

Procedevo lentamente perché non avevo nessuna voglia di finire. Avevo paura di non poter piú scoprire niente. Era una cosa cosí importante che qualche giorno non entravo nella camera perché l'attesa mi appagava da sola. Altre volte mi accontentavo di portare la sua poltroncina sul poggiolo e di leggere un libro.

Un giorno nel cassettone trovai una scatola rivestita di un tessuto bianco a piccoli pois blu. Quando la aprii mi investí un profumo intenso di lavanda e vaniglia. La scatola conteneva un pettine, una spazzola, alcuni fermacapelli, matite da trucco nere e blu e una boccetta rettangolare di profumo quasi piena. Era un'essenza alla lavanda che finiva in un aristocratico sentore di vaniglia, come diceva la scritta sul retro. Era un oggetto molto bello, con una singolare etichetta in stoffa.

– Sí, è il suo profumo, – risponde mio padre quando glielo chiedo qualche ora dopo. Era fermo sulle scale con la sua borsa ancora in mano. Parlava fissando la boccetta che gli mostravo: – Lo usava sempre. Il giorno della tua nascita la sala parto ne era inondata. Lei diceva che il primo odore che avresti conosciuto non poteva essere di disinfettanti e medicine, doveva essere il profumo della bellezza. Non lo sento da allora.

Mi guarda incerto: – Ce lo spediva ogni mese una profumeria artigianale di Milano. Lo avevamo scoperto insieme durante uno dei nostri primi viaggi. Per molto tempo ho dimenticato di annullare l'ordine e hanno continuato a inviarlo.

– Ce l'hai ancora?
– In camera mia, credo.
– Lo posso avere?
– Sí, lo puoi avere.

Trentasette

– Non ci sono fotografie, – dico a Maddalena.
Ero riuscita a far durare le mie esplorazioni fino a tutto l'inverno. Avevo aperto ogni cassetto e scatola, spostato mobili e tappeti, pulito, messo in ordine, aggiustando qua e là la disposizione delle cose.
L'incontro con la cartella di schizzi e appunti che mia madre aveva fatto mentre ristrutturava il palazzo in cui abitavo mi aveva preso piú di un mese. C'erano disegni a matita della facciata e di tutte le stanze cosí come erano prima dei lavori, mentre i progetti di trasformazione erano affidati ad acquerelli dai colori sfumati. Non poteva toccare la muratura e allora lavorava su infissi, arredi e piante. Sette diversi acquerelli del portone di ingresso mostravano un percorso di semplificazioni successive. Nell'ultimo il portone era come lo conoscevo, però mancava a destra una fioriera in pietra con una pianta di melograno che compariva in tutte le versioni. La feci mettere a primavera. Cosí come avevo chiesto a mio padre il mappamondo in legno che lei aveva pensato per il salone. Come un «piccolo Coronelli» lo definiva negli appunti. Stava nell'angolo verso il fiume, incorniciato dalle due finestre a balcone, sullo sfondo la marmorina chiara delle pareti. E poi c'erano gli acquerelli dei balconi e dei poggioli. Tutti coperti di lavanda mescolati a margherite bianche. Dipingeva la la-

vanda con tratti minuti color argento e il blu dei suoi fiori si mescolava con il bianco delle margherite formando un decoro di luce che alleggeriva l'austerità della pietra con cui il palazzo era costruito.
– No, – risponde Maddalena. – Niente fotografie.
– E perché?
– Certe fotografie sono come le smagliature delle calze. Se ci sono, l'occhio finisce sempre lí.
– Ma tu sai se ce ne sono da qualche parte in casa? – insisto.
– Non ce ne sono. Nemmeno fotografie mie personali. Sta anche nel contratto.
– Quale contratto? – chiedo.
– Il mio. Non mi è permesso esporre nella casa fotografie della mia famiglia o di qualsiasi altro soggetto, cosí sta scritto nero su bianco.
– Ma le tue non... c'entrano.
– Al colloquio di assunzione avevo sempre pianto. Madama Erminia diceva che zampillavo già abbastanza.

La sera tornai all'attacco con mio padre, il quale mi spiegò che zia Erminia aveva preferito cosí. Per mia madre, aveva detto. Meglio non esporre niente che le ricordasse quello che era stata, per non alimentare la sua depressione. Le avrebbe esposte di nuovo quando fosse guarita. No, non sapeva se lei le avesse tenute o buttate. No, non sapeva dove fosse zia Erminia. Non gli risultava che fosse ancora in città. Al conservatorio non la vedevano da molto.

Mi accorsi allora che la mia casa non conservava alcuna memoria del passato. Non c'erano quadri o fotografie di mia madre o di mio padre né dei nonni. Non c'era nessuna lampada appartenuta a uno zio e restaurata con cura perché il suo posto era proprio sopra il tavolino dell'ingresso. Non un tappeto o un piccolo binocolo da teatro. Non

TRENTASETTE

c'erano gioielli passati di madre in figlia fino ad arrivare nella casa sul fiume. Fra le cose di mia madre non avevo trovato nessuna scatolina foderata di velluto con dentro orecchini d'oro leggeri decorati con una piccola coroncina di pietre azzurre oppure un puntuto anellino d'argento con un piccolo diamante collocato sopra. L'avevo cercata. Ma i gioielli di mia madre erano spariti: nascosti, rubati, venduti, buttati dalla finestra sul fiume.

Quella primavera il sindaco decise di bonificare il fondo melmoso del Retrone perché emanava fetori e i cittadini protestavano. In mezzo al fango sollevato dalle ruspe gli operai trovarono tanta spazzatura da poterci lastricare la piazza dei Signori, e anche un bel triciclo che dopo un buon lavaggio risultò giallo e verde. Poi fu la volta di una pendola in noce ancora in buono stato e di una borsa piena di gioielli, ottime riproduzioni, però falsi. Il furto, ma dovevano essere veri secondo il proprietario, era stato denunciato un anno prima dall'antiquario Longhella di piazza del Mutilato. Poi ancora una deliziosa scatola di latta decorata con amorini sognanti, perfettamente sigillata, piena di lettere d'amore che risultarono scritte dal precedente canonico della cattedrale alla bella moglie del sindaco ancora in carica. Dopo che i lavori di bonifica portarono in carcere l'antiquario per simulazione di reato e sulla gogna il sindaco, l'amministrazione ordinò la chiusura immediata del cantiere, anche perché i miasmi erano peggiorati e i cittadini protestavano piú di prima.

– Questa città è come il suo fiume, – dice Maddalena mentre osserviamo dal poggiolo della camera di mia madre le ruspe che se ne vanno. – Meglio non scavare sul fondo.

Nessun cofanetto con vecchi gioielli fu ritrovato.

Trentotto

Ora salivo alla casa del bagolaro carica delle mie scoperte che la signora De Lellis ascoltava dondolando un poco la testa avanti e indietro oppure scuotendola come per allontanare un pensiero molesto. Poi a puntate veloci mi regalava i suoi ricordi:
– Di notte seduta sulla panchina della via tra i due fiumi la tua mamma parlava di questa sua bambina dolce di nome Rebecca. Quando eri piccola piccola ti mettevano seduta su una coperta blu di cachemire morbidissimo che spostavano di stanza in stanza per controllarti. Spargevano giochi e peluche piú grandi di te e tu ti guardavi intorno come un cucciolo di pinguino, minuscolo con le piume spettinate a coroncina intorno alla testa. E mi parlava di lei incatenata alla rupe del suo male nero sopra un'isola abbastanza vicina per vederti e troppo lontana per toccarti, con l'anima spillata dagli sguardi che i tuoi occhi non avevano il coraggio di rivolgerle. Parlava delle sue labbra pesanti come le pietre che non potevano raccontarti la storia del principe azzurro perché lei sapeva che non esistono principi e che le storie possono fare tanto male. E tu avevi una voce di canto e nessuno la sentiva. Lei vedeva i tuoi passi incerti e davvero avrebbe voluto tenderti le braccia e sostenerti quando sei caduta. E non solo sostenerti ma anche in braccio farti saltellare la sera sulle scale e posarti

leggera sul tuo letto ubriaca di voli. Ma non aveva potuto. Le braccia le aveva alzate e ben tese, oh se le aveva tese, si era buttata in avanti gridando aiuto, aiutatemi, cade la mia bambina. Ma l'isola in cui era prigioniera aveva ritirato le rive all'improvviso e l'acqua si era fatta piú larga e profonda. Non ti aveva salvata e dicevano tutti intorno che non aveva voluto, nessuno aveva visto le sue braccia alzate e sentito l'urlo della sua volontà. Come potevano tutti non vedere che era l'acqua la sua nemica?

Trentanove

La fine della terza media arrivò veloce e mi trovò distratta e impreparata a quello che sarebbe accaduto. Chiesi a mio padre cosa si poteva fare per me e lui non capí. Per il mio aspetto, spiegai. Un lungo silenzio si distese allora fra noi. Poi mi disse che sí, ci avrebbe pensato bene e certamente si poteva fare. Poi non ne parlò piú ma a me bastava la compagnia di quella quasi promessa per salire piú leggera le scale di contrà Riale e guardare talvolta negli occhi i miei professori.

A casa coltivavo con passione lavande e margherite che avevo piantato in grandi vasi distribuiti su tutti i poggioli, proprio come avevo visto negli acquerelli di mia madre. Per accelerare il risultato avevo fatto comprare a Maddalena le margherite già grandi e in parte fiorite e già si vedeva l'effetto luminoso delle corolle bianche sullo sfondo del grigio argento delle foglie di lavanda e del grigio chiaro della pietra. Mentre lavoravo alle fioriere e orientavo le margherite in modo che sporgessero verso l'esterno, nascosta dalla balaustra sentivo i commenti dei passanti che ne ammiravano l'effetto e si chiedevano chi stesse ridando vita a quel vecchio palazzo.

Quaranta

– Credo che la decisione piú opportuna e di sicuro la migliore per la bambina sia non esporla piú a questo ambiente in cui i suoi comportamenti sono, come dire, noti. Anche se naturalmente, dottore, faremo di tutto, ha la mia parola, è anche nel nostro interesse oltre che nel suo, lo capisce bene, di tutto perché la cosa non esca di qui. Nessuno sappia, fuori. Per il bene di tutti e di ciascun ragazzo. Ho la parola della signora Albina, anzitutto. È lei che l'ha trovata in atteggiamenti, come dire, inequivocabili. E in un posto in cui non doveva essere. Ma su questo sorvoliamo, naturalmente. L'aula di musica, appunto. Il posto a lei piú, come dire... consono? E poi anche la professoressa Tramarini, che ha aiutato la signora Albina a, come dire... ripulirla, lavarla ecco, anche lei ha promesso discrezione. È sua paziente, mi ha detto, e ha rispetto di lei, tanta gratitudine dice. Quanto ai ragazzi. Oh! So come trattarli io! So come ottenere il loro silenzio. Mancano pochi giorni all'esame di terza media, non parleranno no. E dopo, non lo faranno lo stesso. Dimenticheranno, sí. Li conosco io. I ragazzi dimenticano tutto, hanno la vita davanti a loro! E per rispetto anche. Loro capiscono che sua figlia è un caso... come dire, speciale, sí, speciale ecco. Tanto è vero che l'hanno sempre trattata normalmente, come mi conferma il fatto di non aver mai ricevuto lamentele da parte sua, né da parte della bambina naturalmente, che è qui e lo può dire. Anche i ragazzi capiscono che è la sua natura, particolare, ecco, particolare ad averla portata a farlo. Ma lei capisce bene che questo è un ambiente educativo. I genitori ci affidano i loro ragazzi e noi dobbiamo assicurare loro il rispetto, appunto. Quello lo si deve a tutti. Per questo anche la bambina deve dire la verità, naturalmente. È rispetto anche questo, come è evidente. Che li ha attirati. Del resto c'era una certa sfrontatezza in lei nell'ultimo periodo, non trova? Una certa aria di sfida, nuova ecco. Ecco. Nella sua classe sono tutti bravi ragazzi. Figli di famiglie perbene. Lei li conoscerà di certo. E ragazze. C'erano anche ragazze, lei capisce dottore che se fosse vero quello che la bambina dice, lei avrebbe potuto gridare. La signora Albina ai piedi delle scale l'avrebbe sentita, cosí come ha visto poi uscire tutti i ragazzi dall'aula di musica. Era lí da dieci minuti, dice. Da metà dell'intervallo. Per controllare che i ragazzi salissero piano, sa come sono, sempre di corsa. E sarebbe salita. Come appunto ha fatto dopo. Faticosamente, povera donna. Si sa. Ma non ha gridato, non ha chiamato. Li ha attirati per qualche... impulso, ecco. Lei è dottore e potrà immaginare di che tipo. E non avendo ottenuto il suo scopo, come dire, ha inscenato la crisi e si è rotolata, cosí senza... vestiti, com'era, sul pavimento. Ecco. Dove l'ha trovata la signora Albina, povera donna. Per il bene di tutti, lei sarà d'accordo dottore, la bambina non sarà... denunciata, ecco. Questo no, mai lo vorrei. Noi pensiamo anche al bene suo, oltre che della scuola e di tutti e di ciascun ragazzo, naturalmente. Ci sarebbe un problema, perché uno dei ragazzi, come sa sicuramente, è figlio del prefetto che potrebbe, come dire, volere la denuncia, sa, ha dei doveri, la legge. Ma l'ho già sentito, al telefono, lei capisce, si trattava di avere un consiglio, di fare le cose giuste. E mi ha assicurato la sua discrezione. In considerazione del suo buon nome, dottore. Dice il prefetto che lei ha seguito il parto di tutti i suoi figli. Tre, oltre a quello che abbiamo qui, credo. Sa, è del Sud, grandi famiglie. E del buon nome della scuola e di tutti. Come vede non c'è volontà... persecutoria, ecco. Siamo a cercare insieme la soluzione migliore, per tutti e per ciascuno. Anche per sua figlia, capisce. E mi sembra di poter dire, credo di non sbagliare, che sarebbe opportuno, ecco, che sua figlia non facesse qui l'esame di terza media. Un suo certificato medico è sufficiente. La legge lo prevede sa? Viene una commissione a casa, proprio a casa sua. Per lei, per la ragazza innanzi tutto. Sono sicuro che lei capisce, dottore.

Quarantuno

– Ma cosa è successo dav-ve-ro in quella stanza, Rebecca?
Lucilla si è alzata. È seduta sul poggiolo di pietra di una delle finestre del salone e scuote la cenere della sigaretta sul Retrone dondolando una gamba. La gonna stretta le segna i fianchi e la vita, mentre la camicia sembra scoppiare sul seno che è l'unico ricordo rimasto delle sue forme generose di quando era bambina. Nel suo corpo c'è qualcosa che mi parla ma non so cosa.
Lei si accorge del mio sguardo:
– Da quando sono dimagrita non riesco a mettere niente di sufficientemente comodo. È come una rivincita. Cos'è successo Rebecca?
Penso che mi chiama Rebecca come la maestra Albertina e come la signora De Lellis.

Quarantadue

– E tu? – le chiedo per prendere tempo.
Lucilla spegne la sigaretta sul posacenere che ha appoggiato sopra la balaustra del poggiolo, poi scende e si volta a guardare il fiume dondolandosi un po' avanti e indietro sui tacchi alti e sottili. Mi ricorda le sue prove di bambina davanti allo specchio, e penso che ora è molto piú abile a stare in equilibrio.
– Dopo il fatto ci siamo trasferite in Inghilterra, a York. Mia madre voleva un posto lontano, e pensava di poter trovare lavoro come traduttrice. Invece ha trovato lavoro in una pasticceria. Adesso ne ha aperta una sua.
– Creava torte meravigliose, – dico per riempire la pausa.
– La torta paradiso con la marmellata di rose. La fa ancora?
– È la sua specialità. La pasticceria si chiama *Heaven's Drops, Gocce di paradiso*, un po' kitsch ma in fondo anche lei lo è, non trovi? Siamo andate a York dopo il processo. Mia madre ha avuto la legittima difesa. Tu cosa sai di me?
– Niente, – rispondo. – Ho chiesto a Maddalena per tanti anni. Ma lei non parla. Non so niente.
– Non mi hanno creduto e cosí è risultato che mia madre lo aveva spinto giú per difendersi.
– Sei stata tu? – chiedo, ma capisco di averlo sempre saputo. È sempre stata lei a risolvere i problemi.

– Sí. Ma i periti hanno dichiarato che ero troppo piccola. Che non avrei mai avuto la forza di buttarlo dal balcone. Pensavano che volessi difendere mia madre. Io l'ho urlato con tut-te le forze che lo avevo buttato da sola. Mia madre urlava che ero pazza e che mi ero sempre inventata le cose. Ho anche preso per le gambe uno dei periti per fargli vedere come avevo fatto. Gli hanno dato tredici punti, proprio nel mezzo della testa qui dietro. Ha sbattuto contro lo schedario della polizia. Ma niente.

Lucilla si volta e allarga le braccia come per circondare il suo corpo di allora: – Non sanno quanta forza può avere una bambina grassa e disperata.

– Perché? – chiedo.

– Perché era or-ren-do. Per migliorare la qualità del mondo.

Lucilla fa una pausa e respira profondamente l'odore di muffe che le alghe ormai vecchie di fine estate lasciano salire dal fiume.

– Voleva rientrare nelle nostre vite. Era mio padre, ha detto, e questo gli dava dei diritti. E anche perché aveva colpito mia madre cosí forte nella pancia che lei non si alzava piú da terra e io ho pensato che fosse morta. Per questo le hanno dato la legittima difesa.

Mi guarda e scuote i capelli biondi. Li tiene corti e lisci adesso. Penso che le scolpiscono i lineamenti diventati piú aspri, e che le dànno aristocrazia.

– Anche la maestra Albertina se n'è andata, – dico.

– Sí. Scappata da qui. Troppi pettegolezzi, capisci? Ci ha sempre aiutate lei. Ma non è lontana. Non lo sapevi? Adesso fa la preside qui in provincia. È bra-vis-si-ma.

– Alle elementari mi ha salvato, – dico.

– Sí. Ha salvato anche me. Mia madre non ce l'avrebbe mai fatta senza di lei. Avvocati, difesa, un posto dove sta-

QUARANTADUE

re. Anche il lavoro le ha trovato, a York. Io ho studiato in Inghilterra.
    Fa una pausa e mi guarda con l'aria divertita di quando a scuola doveva as-so-lu-ta-men-te dirmi qualcosa proprio mentre la maestra Albertina spiegava.
    – Ho studiato canto, – dice alla fine.
    – Canto! La tua passione per i *Lieder* di Schubert!
    – Sí. Soprano. E ho imparato il tedesco, alla fine. Dopo il diploma ho fatto parte per qualche mese di un piccolo gruppo musicale con repertorio barocco. Concerti qua e là. Adesso si è sciolto. Strade diverse. Sono disoccupata. Oppure, come dicono gli inglesi, *between job*.
    La guardo e capisco che cosa mi parlava del suo nuovo aspetto fisico: il portamento tipico delle cantanti liriche, quel disporre tutto il corpo al dono della voce, le spalle leggermente curve a proteggerla, il petto generosamente offerto a darle sostegno.
    – Io sono sempre stata qui, – dico.
    – Lo so. So tut-to di te.
    – Ti raccontava la zia Albertina?
    – Sí. E il maestro De Lellis.
    – Lo conosci!
    – Non direttamente. Lo conosce zia Albertina. Lo ha cercato quando è andata via. Per sapere... di te.
    – Ma lui non è...
    – Chiacchierone? Vero. Ma la zia sa trovare le strade. E comunque si sono... diciamo intesi. Capisci?
    – Da lei andava il maestro quando mi affidava la sua mamma! – dico sorpresa ricordando i tanti giorni passati alla villa a fare compagnia alla signora De Lellis negli ultimi anni.
    – Sí. Non voleva turbarla, diceva. Nelle sue condizioni. Adesso sarà piú semplice. So che la zia chiederà il trasferimento in città.

Vedevo sempre il maestro De Lellis. Dopo il diploma di pianoforte spesso suonavo insieme con lui nella sua casa. La signora De Lellis adorava ascoltarci. Girava per la stanza con gli occhi quasi chiusi, seguendo pensieri che suo figlio pensava incerti e sfumati, ma io sapevo che non era cosí, e mettevo l'anima in quei pomeriggi per lei.

Con Maddalena l'avevo aiutata nella malattia breve che l'aveva portata a lasciarci. E ancora salivo a suonare alla casa del bagolaro, ma non avevo mai pensato di chiedere al maestro De Lellis di Lucilla, perché non conoscevo i suoi rapporti con la maestra Albertina.

Si faceva buio sul Retrone e un odore già autunnale di fumo scendeva dai colli e si depositava denso sulla superficie dell'acqua. Nei boschi di collina i contadini bruciavano le ramaglie estive.

– Ma perché non mi hai cercato mai? – Penso alle mille volte in cui il bisogno di Lucilla mi ha ferito a sangue negli anni passati.

– Non ero pronta a tornare. Troppo dolore anche per la forte Lucilla –. Sorride mentre accende un'altra sigaretta. Penso che non dovrebbe.

– Molte cantanti fumano. E comunque sono le piú leggere –. Come un tempo risponde ai miei pensieri.

– E adesso? – chiedo.

– Ho creduto di riconoscere la tua musica, cioè il tuo modo di suonare, a Londra un anno fa. Era il film sul dopoguerra in Germania, *Weimar* si intitolava. Uno dei protagonisti ascoltava il concerto della sua pianista preferita che suonava *Gaspard de la nuit*. Ma è stata l'intuizione di un momento, un modo appena troppo brusco di concludere, come facevi tu. Però non ti avevo mai sentito suonare quel pezzo e ho pensato a un momento di nostalgia. Poi la settimana scorsa ho visto il film su Lili Boulanger

QUARANTADUE

e ho capito subito che solo tu potevi suonare cosí i suoi pezzi pieni di dolore e bellezza, e sono stata si-cu-ris-si-ma quando hai suonato *Pour les funérailles d'un soldat*. Il tuo modo di sottrarti alla conclusione scappando veloce. E ho capito che anche le mani erano le tue. Ma non c'eri fra gli interpreti nei titoli di coda.
– Non voglio. Ho un mio nome d'arte.
– E allora ho chiesto a zia Albertina, che ha chiesto a De Lellis e ho saputo. Non ce lo aveva mai detto.
– Era un segreto. È il mio lavoro. L'ultimo regalo della vecchia signora.
– Vecchia signora?
– La signora De Lellis. Lei conosceva le persone giuste. Era stata famosissima. Mi ha detto che non posso tenere per me il mio... talento. Presto la mia musica alle attrici del cinema. Quando sono pianiste.
– E anche le tue mani, – dice Lucilla.
– E anche le mie mani.
– Dovrai viaggiare per registrare...
– Forse. Per adesso solo in Italia, ma so che dovrò farlo.
– E com'è?
– È un lavoro, ma è bello. Ci si sente bene. Si può sognare, appena un po'.
– Lei non aveva il morbo di Pick, vero?
– No.
– La zia Albertina dice che suo figlio lo ha sempre sospettato.

Quarantre

– Mi hanno fatto togliere i vestiti mentre loro stavano intorno. Tremavo talmente tanto che non riuscivo a farlo cosí ci ho messo molto piú di quello che avevano calcolato. Poi ho chiuso gli occhi e ho immaginato di essere a casa tua quando ascoltavamo *L'Olandese volante* e tu ti sforzavi di riprodurre a squarciagola il testo tedesco dell'ultimo atto, dove Erik disperato grida alla sua amata Senta che sta per perdere: *Was musst' ich hören! Gott, was musst' ich seh'n! Ist's Täuschung? Wahrheit?* È illusione o verità? E Senta si butta in mare cantando la sua fedeltà all'Olandese condannato all'eterna inquietudine, *Preis deinen Engel und sein Gebot! Hier steh' ich, treu dir bis zum Tod*, fedele fino alla morte. Nella mia testa la musica sovrastava le voci intorno e non sentivo piú niente di quello che dicevano, finché qualcosa di liquido mi è arrivato in faccia, ma si è confuso con l'acqua che copriva il volto innamorato di Senta che sprofondava tra le onde.
– Dio mio cos'era?
– Succo d'arancia.
– Succo d'arancia? – chiede Lucilla e sento che non riesce a controllare un sorriso dietro la sorpresa e il sollievo.
– Sí. Avevo gli occhi chiusi, forse volevano farmeli aprire, non so.
– Succo d'arancia, incredibile. Per questo eri sporca.

– Sí. Probabilmente ho cantato davvero ad alta voce quelle parole tedesche che non conoscevo bene e loro si sono spaventati. In piú ormai la ricreazione era finita. Cosí sono scappati ma io non lo sapevo e ho cominciato a rotolarmi sul pavimento. Poco dopo è salita la bidella Albina e mi ha trovato.

Quarantaquattro

 – Insomma hanno pensato che fosse capitato chissà che cosa e hanno coperto tutto, – dice Lucilla accendendo un'altra sigaretta.
 – Sí.
 – E tuo padre?
 – Mi ha portato a casa e non ne abbiamo piú parlato. Ha inviato il certificato medico che il preside voleva e alcuni insegnanti sono venuti a casa per l'esame. C'era sempre Maddalena con me.
 – E poi?
 – Quell'estate mi sono trasferita dalla signora De Lellis per alcune settimane. Il maestro De Lellis aveva accettato di tenere dei corsi estivi all'estero per la prima volta, proprio perché sapeva che avrei tenuto compagnia a sua madre. Maddalena veniva tutti i giorni da noi a fare da mangiare e per qualche aiuto. Cosí la signora De Lellis rinunciò a fingere anche con lei. E raccontò, raccontò tutto per giorni e settimane. Maddalena piangeva e io ascoltavo.
 – Con il figlio non ha mai smesso di recitare la malattia però, – dice Lucilla pensierosa.
 – No.
 – Sai perché?
 – Sí. Per tutelarlo. Per non dovergli dire chi era suo padre.

– Tu lo sai? – chiede.
– Sí.
– Adesso so tenere i segreti, – dice e riconosco la Lucilla curiosa di sempre.
– Era suo nonno. Il padre della signora De Lellis. Lui era ubriaco e non lo ha mai saputo. Lei amava troppo suo figlio per dirglielo. Solo un amore cosí può riparare ferite cosí.
– Cielo benedetto! L'espressione che sentivo sempre da sua madre mi intenerisce piú di quello che vorrei.
– Un giorno mio padre ha parlato con Maddalena e se n'è andato, – riprendo.
– Questo la zia me l'ha detto. Ma perché?
– Perché si sentiva del tutto inadeguato, ha detto a lei. Non sapeva proteggermi come non aveva saputo proteggere mia madre. Maddalena dice che di fronte al preside aveva taciuto per non espormi al mondo, forse addirittura a un processo contro quei ragazzi. Voleva evitarmi altro dolore, ha detto.

Era notte ormai. Il fiume era silenzioso. In lontananza i suoni della festa degli Oto arrivavano attutiti dalla foschia densa dell'autunno.

– Maddalena è rimasta con me. Mio padre le ha dato carta bianca su tutto. So che lo ha sentito ogni tanto, quando ero malata oppure aveva documenti da firmare o decisioni costose da prendere. Ho studiato al Cavanis perché era lontano da qui. Andavo avanti e indietro tutti i giorni, mi ha portato Maddalena fino a che non sono diventata autonoma. Al pomeriggio il conservatorio, e la signora De Lellis. Fino al diploma di pianoforte.

– E la città?
– Niente. La città ha dimenticato. Le acque si sono richiuse, direbbe Maddalena.

– Tuo padre dov'è?
– Non lo so.
– Gesú, lo devi odiare.
– No. L'odio è un sentimento che non so. L'odio è per chi non capisce. A me sembra di capirlo. Lui è solo sfumato. Si direbbe di un pezzo musicale troppo dolce che deve finire perdendosi.
– Cosa vuoi dire? – chiede Lucilla.
– Io sono brutta...
– Sei stra-or-di-na-ria-men-te piú bella! – interrompe Lucilla. – Alla fine tuo padre ti ha aiutato come aveva promesso.
– Non lui. Con Maddalena ho sentito dei chirurghi e ho fatto alcune cose piú semplici: l'occhio destro, la peluria. Un po'. Comunque sono brutta. Però so che potrei vivere diversamente, se fossi piú brillante, piú capace di dimenticarmi e di dimenticare il mio aspetto. Ma non ci riesco e vivo cosí, chiusa qui fino al tramonto, con un lavoro che mi lascia nascosta. Mio padre è bellissimo, ma non sa affrontare il mondo, come me. Vorrebbe ma non può. Per questo lo capisco. Non sono infelice, proprio no. Sto bene. Non sono nemmeno cosí sola come una cantante lirica abituata al pubblico può immaginare. C'è Maddalena. C'è il maestro De Lellis. I contatti per il lavoro. No, è la mia vita.

Quarantacinque

– Puoi stare qui se vuoi, – dico a Lucilla. – Questa casa è mia adesso.
– Ho una bambina, – risponde.
– Una bambina?
– Sí. Si chiama Rebecca.
– Rebecca!
– Ha tre anni. La chiamo Rebby.
– E hai anche un... uomo?
– No. Sparito la mattina dopo. Ero ancora... grassa all'epoca.
– Lei si spaventerà... di me?
– Non dire scemenze.
– Sicura?
– Si-cu-ris-si-ma.
– Allora potete stare qui.

Non ho mai usato il profumo di mia madre. Tengo le boccette in camera e la piccola Rebby ci gioca trasformandole in schiere di fate che fanno il girotondo. Qualche giorno fa ne ha rotta una e il profumo ha inondato la casa.

Ringraziamenti.

Ringrazio il Premio Calvino. Ogni anno un bel mondo di persone, per amore della scrittura, generose del loro tempo, leggono e leggono in cerca di narrazioni che possano essere condivise con chi frequenta il mondo dei libri.
Da loro questo romanzo è stato riconosciuto.

Rebecca vive nel quartiere delle Barche, ai piedi del colle su cui sorge il santuario della Madonna di Monte Berico, festeggiata dalla città l'8 settembre di ogni anno. È la festa degli Oto, che idealmente apre e chiude la storia.

Indice

p. 3	Uno
18	Due
23	Tre
36	Quattro
38	Cinque
41	Sei
42	Sette
45	Otto
47	Nove
52	Dieci
57	Undici
58	Dodici
63	Tredici
65	Quattordici
69	Quindici
75	Sedici
82	Diciassette
88	Diciotto
90	Diciannove

p.	92	Venti
	95	Ventuno
	97	Ventidue
	98	Ventitre
	100	Ventiquattro
	102	Venticinque
	106	Ventisei
	109	Ventisette
	111	Ventotto
	114	Ventinove
	116	Trenta
	123	Trentuno
	125	Trentadue
	129	Trentatre
	134	Trentaquattro
	138	Trentacinque
	140	Trentasei
	143	Trentasette
	146	Trentotto
	148	Trentanove
	149	Quaranta
	152	Quarantuno
	153	Quarantadue
	158	Quarantatre
	160	Quarantaquattro
	163	Quarantacinque
	165	*Ringraziamenti*

Questo libro è stampato su carta certificata FSC
e con fibre provenienti da altre fonti controllate.

Stampato per conto della Casa editrice Einaudi
presso Mondadori Printing S.p.a., Stabilimento N. S. M., Cles (Trento)

C.L. 20598

Edizione   Anno

7 8 9 10 11 12   2011 2012 2013 2014